LIVRE

SANS TITRE, SANS PLAN, SANS SUJET
ET SANS FIN;

BAVARDAGE NOUVÉAU

A L'INSTAR DE PARIS;

PAR UN AUTEUR

QUI SE CACHE PAR MODESTIE, PAR AMOUR-PROPRE,
OU PAR PRUDENCE, COMME ON VOUDRA.

En lisant cet écrit, chef-d'œuvre de ma tête,
Les gens d'esprit diront : Ah ! mon dieu, que c'est bête !

LIVRE SANS TITRE, *dernière pensée.*

I.re LIVRAISON.

TOULOUSE,
CHEZ BENICHET CADET, IMPRIMEUR-LIBRAIRE.

1819.

Quoique ce livre ne signifie pas grand'chose, comme tous les grands connaisseurs s'en doutent avant de l'avoir lu, il ne serait cependant pas impossible, attendu le bon goût du grand personnage à qui il est dédié, qu'il eût une certaine vogue de quelques minutes....... En conséquence, on a rempli toutes les formalités légales relatives à la publication des ouvrages bons ou mauvais ; c'est un petit avis amical que donne à celui qui serait assez bon homme pour oser le contrefaire en tout ou partie,

l'auteur du livre
et des titres,

Cet Ouvrage de 4 à 5oo pages paraîtra par livraisons. Le prix de la souscription est 5 fr. franc de port.

On souscrit, a Toulouse,

Chez Gallon-Fatou, Libraire, rue Saint-Rome ;

Meyssonier, Marchand de Musique, au Mont Vésuve, rue Saint-Rome ;

Benichet Cadet, Imprimeur - Libraire, rue de la Pomme, n.º 28.

ÉPITRE DÉDICATOIRE

A SON AUGUSTE

INCOMPRÉHENSIBILITÉ

MONSEIGNEUR,

L'immense Souverain, et le plaisant dispensateur
des réputations et des fortunes.

MONSEIGNEUR LE PUBLIC,

*Atome imperceptible, vivant sur un point de
vos domaines sans avoir l'honneur d'être, comme
tant d'autres faquins, usufruitier de la moindre
de leurs parties, et ne m'en souciant guère,
c'est à vous que j'ose dédier un livre dont je
ne connais encore ni le plan ni la matière, et
dont conséquemment j'ignore le titre. Vous en
recevrez, je l'espère, l'hommage sans faire la
grimace. Je vous connais ; vous êtes d'une si
bonne pâte, Monseigneur !...... vous avez une
manière de voir les choses si plaisante, qu'il
n'est pas d'ineptie qui ne vous amuse, comme
il n'est pas de bonne chose qui ne vous ennuie.*

Au fond, tout est égal pour vous ;

Rire de tout, Seigneur, voilà votre système.

Je vous félicite d'être né avec un caractère aussi charmant.

Je prends sans façon la liberté de vous re-commander cette rapsodie nouvelle, quoique, comme je viens de le dire à votre INCOMPRÉHEN-SIBILITÉ, *je ne connaisse pas encore le sujet dont je vous régalerai. Cette bizarrerie, qui ne figurera pas mal dans le nombre de celles qui vous enchantent tous les jours pendant deux ou trois minutes, produira sans doute sur vous le plus bel effet du monde, et ne manquera pas probablement de fermer vos yeux sur la petite somme que vous aurez à compter pour me lire : voilà précisément ce qu'il me faut. Décidez-vous en conséquence, Monseigneur, à me procurer le plus grand nombre de lecteurs qu'il sera possible à votre* INCOMPRÉHENSIBILITÉ, *aux dépens des écrivains qui valent mieux que moi ; vous ne vous écarterez pas de vos nobles habitudes, et je promets de vous en-nuyer tout aussi bien qu'un autre.*

Il n'est pas, dit-on, de jongleur grand ou petit, riche ou pauvre, fin matois ou bon en-fant, imbécille ou vaste génie, seigneur illus-trissime ou pied-plat, qui ne vous joue impu-

nément quelque tour de son métier, et ne rie
sous cape de vous, quand il s'enivre de la
fumée que vous lui jetez au nez, en comptant
les mignonnes espèces qu'il vous attrape.......
Pourquoi votre INCOMPRÉHENSIBILITÉ serait-elle
rétive à mon égard, si je reconnais et déclare
à la face de l'univers qu'on n'est pas plus aimable, plus éclairé, plus constant, plus fin
connaisseur, plus juste, plus reconnaissant et
plus sage que vous, MONSEIGNEUR ?........

Pour attraper votre or, il faut qu'on vous flagorne ;

aussi fais-je, et pour cause.

Depuis le commencement des siècles jusqu'à
celui qui vient de finir, et celui qui commence
si drôlement, il faut convenir que vous avez
joué un rôle bien original ; il faut convenir aussi
que vous l'avez soutenu de la manière la plus
intéressante, sans dévier une minute du grand
genre qui vous est propre en tous lieux : ce
qui vous fait le plus bel honneur du monde,
comme chacun sait......

Tour-à-tour rayonnant de gloire, ou plongé
dans l'obscurité la plus profonde ; distribuant
avec grandeur des chaînes admirables à une
partie de vous-même, ou les traînant avec orgueil sur tous les points de vos domaines ; aujourd'hui déifiant en grande cérémonie ce que

le lendemain vous fouliez aux pieds avec une noblesse vraiment piquante ; créant tous les chefs-d'œuvre des arts qui vivifient l'industrie, et multiplient à l'infini les plaisirs de l'existence ; mais jouissant des bienfaits après avoir puni les bienfaiteurs du crime de les avoir distribués ; initié dans une partie des secrets de la nature, et plongeant dans le sein du néant les maladroites gens qui avaient eu l'insolence de les découvrir....... voilà une partie de vos droits à mon admiration ; pouvais-je me dispenser de vous payer, selon mes petits moyens, mon humble tribut de reconnaissance ?

A qui pouvais-je dédier un livre, Monseigneur, qu'au grand personnage qui sait le mieux admirer ce qui est vraiment beau, et qui reconnaît avec tant de grâce les services qu'on s'empresse à lui rendre ? Oui, j'ose m'en flatter, vous aurez quelques bontés pour ce pauvre innocent, si votre INCOMPRÉHENSIBILITÉ daigne se livrer à l'un de ces jolis caprices qui vous fait si souvent faire la grimace à ce qui est bon, pour sourire avec une bonhomie si touchante à ce qui devrait vous faire pitié.

Mais si, par malheur, vous alliez vous aviser de vous moquer de moi, comme si mon livre était admirable, attendez du moins qu'il soit fini, parce qu'alors la souscription se trouverait peut-être remplie , et ma bourse ne manquerait pas, le cas échéant , de vous en avoir la plus tou-chante des obligations ; ce qui , dans ces temps vraiment admirables , deviendrait , pour le plus humble des serviteurs de votre INCOMPRÉHEN-SIBILITÉ , la plus intéressante des aventures ; car , comme le pensent très-judicieusement nos crésus qui viennent de naître ,

L'argent valut toujours un peu plus que la gloire.

Eh ! pourquoi , MONSEIGNEUR , désespérerais-je de votre illustre protection ? Entre nous , pour ne pas blesser votre dignité , ne suis-je pas une partie intégrante de votre auguste personne ? Quoique imperceptible dans la masse des ani-maux de toutes les espèces qui vivent , volent ou rampent dans votre sein , et qui travaillent jour et nuit pour vous plaire ou pour vous en-nuyer , je n'en suis pas moins l'un de vos plus zélés admirateurs , et , certes , l'un de ceux qui vous aura coûté le moins ; car , quand il fera son dernier adieu à votre INCOMPRÉHENSIBILITÉ, il aura , c'est sûr , les mains aussi nettes que la bourse , au grand déplaisir de ses héritiers naturels , qui n'auront pas de procès entr'eux pour avoir ce qu'il leur laissera ;

Je naquis sans un sol , et je mourrai de même.

Et , vous ne le croiriez pas , MONSEIGNEUR ,

je n'en suis pas moins heureux, malgré tous mes malheurs; ce qui fait que je ne ressemble nullement à ceux qui, malgré tout leur bonheur, sont assez maladroits pour être malheureux.

Que voulez-vous? je vous ai connu de très-bonne heure, grâce à mon très-cher et très-honoré père, qui avait une dent de lait contre vous. Il me disait sans cesse qu'il avait toujours bien servi votre INCOMPRÉHENSIBILITÉ, et que jamais elle ne l'avait payé. Permettez que je vous fasse ce reproche tête à tête; je l'avais depuis long-temps sur le cœur; il m'est échappé; pardonnez-le moi, à cause de la dédicace d'un livre que je n'aurais pas été assez imbécille de faire, si l'auteur de ma vie n'avait pas été assez sot pour être votre dupe. Je vous offre une belle occasion pour vous libérer envers ce qui reste de sa famille; mais j'ai bien peur que vous ne vous mettiez à rire à mes dépens; car voilà justement la seule monnaie qui ait cours entre la plus grande partie des auteurs et vous. Vous êtes malin, MONSEIGNEUR; vous aimez à tricher avec les pauvres diables qui vous illuminent; et j'ai dans l'idée que vous ne changerez jamais. De bonnes gens qui en savaient long autrefois, et qui voudraient encore nous faire vivre à l'ancienne mode, vous ont fait prendre un pli qui tiendra ferme, mal-

gré tous les efforts des illuminateurs pour vous
redresser ; et vous êtes public, quelque bon que
soit par hasard mon livre, ce qu'à Dieu ne
plaise, à l'envoyer au diable aujourd'hui,
comme vous y en avez envoyé, et comme vous
y en enverrez probablement tant d'autres, quand
la postérité vivra....... et je sais bien pourquoi :
c'est que dans tous les temps

La fortune et l'esprit vivent fort mal ensemble.

Aussi, tout en rendant justice à certaine
partie du grand tout vivant avec figure humaine
sur ce petit échantillon de l'univers, ai-je vu
que vous ne fesiez cas que des parties qui
planaient bravement sur les autres, après s'être
enluminées à vos dépens ; et tant de gens courent comme des fous après les enluminures qui
vous éblouissent, qu'il faut toujours écraser
quelques personnes pour en attraper. Hélas ! je
suis sans couleur, comme mon père a eu la
bonhomie de me laisser, parce que je n'aime
pas à estropier mon prochain ; ce qui est un
très-grand péché dont beaucoup d'honnêtes gens
se rendent tous les jours coupables avec plaisir,
et à la plus grande satisfaction de votre INCOM-
PRÉHENSIBILITÉ et de leurs bourses. J'ai bien
tendu par-ci par-là mes tremblantes mains vers
cette déesse barbouillée d'encens, qui, le ban-

deau sur les yeux , s'en va par tout le monde
versant à tort et à travers des flots d'or et
de couleurs ; mais bousculé en tout sens par
ceux qui , les yeux en tapinois , y voyaient
plus clair que moi , je n'ai pu rien attraper.

Au reste , maladresse en ce genre n'est pas
crime ; et n'est-ce pas assez qu'elle entraîne
après elle les dédains des personnes adroites
et de très-méchans dîners ? Quoiqu'il en soit ,
en pensant à ceux qui dînent à merveille , qui
comptent d'innombrables écus , et qui font leurs
embarras avec des couleurs de toutes les couleurs , je pourrai dire , pour me consoler de
mes abstinences ,

Pour vivre avec honneur , l'honneur est inutile ;

et cela ne laisse pas que d'être très-amusant ,
quand on a bon appétit.

Je parie, MONSEIGNEUR, que vous trouvez déjà
mon épître dédicatoire bien bavarde. Que votre
auguste INCOMPRÉHENSIBILITÉ prenne patience ; elle
n'y est pas. L'épître ne finira qu'avec mon livre ,
et même elle pourrait bien ne pas finir encore
avec lui. Je me mets en quatre, comme vous
le voyez, pour vous plaire, et je *bavarde*, ainsi
que je l'ai promis. Vous seriez bien ingrat, si
vous ne fesiez pas grâce de la qualité de ce que
j'ai l'honneur de vous dire , en faveur de la

quantité de mes paroles. Vous ne me traiteriez pas avec la même bonté que vous en traitez tant d'autres que nous avons connus depuis 30 ans, et tant d'autres que nous connaissons à présent ; car enfin ,

Qui sait parler beaucoup est grand homme aujourd'hui.

Je reviens à mon épître.

Quand vint ce fameux moment où tout fut mis sens dessus dessous au milieu de vous-même, que c'était un vrai chaos ; quand les vieux enluminés furent si vertement débarbouillés par ceux qui voulaient s'enluminer à leur tour à vos dépens , comme c'était juste , et que les *aveugles* de naissance saisirent le secret de la composition des couleurs , *j'avais bien envie de faire aussi mes petites spéculations sur la réforme , mais le diable vit que je n'étais bon à rien pour le seconder dans ses jolies manœuvres , il se jeta dans le corps de ceux qui avaient de l'esprit. C'est ce qui fait ,* MONSEIGNEUR , *que je suis resté tout bête comme je l'étais jadis ; c'est ce qui fait que tant de beaux messieurs sont devenus luisans comme ces vers qu'on ne voit que la nuit , et qui au grand jour ressemblent à des chenilles ; c'est ce qui fera que , si je n'attrape pas une petite dose de votre sublime protection ,*

C'est que pour l'obtenir il faut avoir de l'or.

Ainsi, Monseigneur.......

Mais, pardon, je suis obligé d'interrompre mon épître dédicatoire pour lire une lettre qu'on m'apporte.

Il faut que votre incompréhensibilité sache que je suis un peu *timbré ;* mes meilleurs amis ne cessent de le dire à tout le monde ; et vous vous en apercevrez très-facilement dans la suite. Aussitôt que j'ai eu la plume en main, sans savoir ce que je voulais écrire, comme vous le dit franchement le frontispice, je pris la résolution de tirer parti de tout ce qui me viendrait dans la tête, et de ce qui sortirait de la tête des autres, qui, bon ou mauvais, aurait l'air de *matière à volume.* Au reste, c'est votre affaire ; la mienne est d'attraper votre argent, dussiez-vous jeter mon livre au feu.

Attendez-vous en conséquence, Monseigneur, à grand nombre d'interruptions dans l'épître dédicatoire, et surtout à très-grand nombre de *bavardages,* que je prendrai la liberté de vous adresser directement comme si nous étions tous les deux tête à tête au coin de la cheminée, et comme s'il n'était plus question d'épître ni d'autre chose.

Ce que vous trouverez, par exemple, de très-ridicule, mais cela m'est égal, c'est que vous

me verrez planter là et l'épître, et les histoires
et les bavardages, pour vous dire à l'oreille
ce qu'on dira par ici, ce qu'on dira par-là,
et même quelquefois, pour vous raconter tant
bien que mal *ce que j'apprendrai de nouveau,*
de quelque genre qu'il soit, pourvu qu'il ait
été *renouvelé fraîchement des Grecs.*

Rien de neuf sur la terre en vertus comme en vices.

Cependant, avant de vous régaler de ces petits
bavardages particuliers, je dois consulter certain thermomètre, et me bien fixer sur le vent
de Paris qui soufflera le plus fort, car votre
INCOMPRÉHENSIBILITÉ doit savoir que depuis certain
nombre d'années les têtes des auteurs sont les
très-humbles servantes des vents qui se font le
plus vigoureusement sentir.

Au reste, MONSEIGNEUR, mais n'en dites rien
à personne, je vous prie, mon livre n'aura pas
le sens commun. Et que vous importe ? vous
aurez toujours l'épître ; cela ne laisse pas que
d'être très-flatteur ; n'en a pas qui veut, quoiqu'il y ait beaucoup de faquins qui aiment la
fumée, et beaucoup de sots qui en distribuent,
sans compter les gens d'esprit qui en donnent
pour de l'argent.

Vous devez être, MONSEIGNEUR, accoutumé
à ce genre d'écrits ; et vous n'auriez pas bonne

grâce à être plus difficile pour moi que pour les trois quarts des auteurs qui n'ont broyé du noir depuis quelque temps qu'avec le secours des autres ; c'est ce qui fait aujourd'hui que beaucoup de grands hommes mettent scrupuleusement en pratique le principe suivant :

Pour avoir de l'esprit, il faut en emprunter.

LETTRE

Du Secrétaire en chef d'une Société de gens d'esprit,

A l'Auteur du Livre sans titre.

MONSIEUR ,

Une société de gens d'esprit, dont je suis un membre très-essentiel, me charge de vous faire savoir qu'elle n'a rien compris aux deux pitoyables prospectus que vous avez eu le courage de publier. Vous avez voulu faire le mauvais plaisant, et toute la société, qui n'est pas aussi indulgente que certaines académies, n'a fait que rire de votre ridicule prétention à l'esprit. Vous vous efforcez d'être malin ; mais apprenez que lorsqu'on veut piquer les autres, il faut bien se garder de leur fournir les pointes avec lesquelles ils peuvent vous piquer à leur tour. Je suis chargé de vous remercier de la provision que vous avez eu la bonté de nous envoyer ; on ne manquera pas d'en faire un excellent usage.

Je vous salue aussi spirituellement qu'il m'est possible.

Le Secrétaire en chef de la société de gens d'esprit.

P. S. Puisque vous avez mis des vers innocens dans votre premier prospectus, et que je présume que vos bavardages en seront également décorés, je vous prie de donner une place convenable à celui-ci ; il est l'ouvrage de la société, qui s'est assemblée extraordinairement pendant six jours pour le composer, et qui m'a fait l'honneur de me charger de sa rédaction :

On ne fait de l'esprit que lorsqu'on n'en a pas.

Monseigneur, pour une société de gens d'esprit, ce vers-là n'est pas si bête ; et je suis étonné du peu de temps que vous avez mis à le faire.

Voilà qui promet, et ce qu'on gagne quand on veut vous plaire. Si les prospectus me valent des complimens, il est clair que le livre ne m'en laissera pas manquer. La perspective est charmante ; mais il ne faut pas s'épouvanter.

N'est pas sifflé qui veut, disait un grand génie.

Je reprends l'épître dédicatoire.

Ainsi, Monseigneur........

Mais non, trêve à l'épître. Répondons à monsieur le secrétaire en chef ; sa lettre et ma réponse rempliront quelques pages du livre. Ce sera autant de pris sur l'ennemi, et d'argent gagné sur les souscripteurs. Comme j'ai eu l'honneur d'en prévenir votre incompréhensibilité, je veux tirer parti de tout ; et d'ailleurs, il faut

économiser son esprit, quand on n'en a pas
autant que la société dont on vient de m'annoncer l'existence ; et très-souvent,

Pour prouver son esprit, il faut en être avare.

Je réponds à votre INCOMPRÉHENSIBILITÉ qu'en
lisant mon livre, elle sera charmée de mon économie.

RÉPONSE

de l'Auteur du Livre sans titre,

*A Monsieur le Secrétaire en chef de la Société
de gens d'esprit.*

MONSIEUR LE SECRÉTAIRE,

Ne sachant ni votre nom ni votre adresse, et ne connaissant pas le local où se réunit la société qui vous a
choisi pour son secrétaire, je profite de la commodité
de mon livre pour vous faire parvenir ma réponse à
votre lettre qui me flatte infiniment, et me fait grand
honneur, que je crois vous rendre en la plaçant dans
mes *bavardages.* Vous avez bien voulu m'apprendre que
vous et vos confrères les spirituels *n'avez rien compris
à mes deux prospectus......* Dans un temps où l'on ne
comprend rien à ce qui se dit, ce qui s'écrit et ce qui
se fait, on ne peut flatter un auteur avec plus de délicatesse que vous ; car c'est me dire très-spirituellement
que j'écris dans le même genre qu'écrivent sans doute
les membres immortels de votre illustre société. Vous

ne

ne m'auriez pas appris, Monsieur, que vous en étiez le secrétaire, que, d'après votre lettre, je vous aurais jugé digne de la présider.

J'ai fait, dites-vous, *le mauvais plaisant*...... Oui, Monsieur, j'en conviens ; mais je m'en félicite. Sans cela je n'aurais pas eu le plaisir d'apprendre qu'il existe une société fameuse, que personne ne connaît, dont le secrétaire était mon maître en ce genre.

Je suis ravi que *ma ridicule prétention à l'esprit* ait fait rire celui de votre assemblée ; c'est un plaisir dont elle me sera redevable. Que voulez-vous ? quand on est sans esprit, il faut bien courir après pour en attraper, comme font tant de messieurs que nous con- naissons ; heureux encore si, comme eux, je pouvais attraper l'argent de tant de personnes qui ne se connaissent pas en ce genre de marchandise.

Je vous avoue, avec toute la candeur que vous mé- ritez, que ma vanité ne se croira point blessée, si elle tire bon parti de ce qui la flatte. C'est pour elle que je travaille, comme vous avez travaillé pour la vôtre en m'écrivant. Mais je crains bien que nous ne soyons pas plus heureux l'un que l'autre, et que nous n'attra- pions ni vous l'esprit, ni moi l'argent.

Vous ajoutez que *je m'efforce d'être malin*.... C'est une peine que vous n'êtes pas obligé de prendre ; je vous en félicite, Monsieur. C'est une grâce de la na- ture, qui paraît vous avoir donné tout ce qu'il faut pour l'être sans effort.

Je reçois avec autant d'humilité que de reconnaissance la spirituelle semonce dont vous daignez me gratifier *sur les pointes que je fournis aux autres, et qui pour- ront me piquer à mon tour.*

2

Il faut, Monsieur, que l'une de ces pointes vous ait piqué au vif ; car votre gracieuse épître ressemble à l'expression de la douleur que vous en auriez ressentie. Il serait assez singulier que, dans l'un ou l'autre de mes prospectus, j'eusse touché droit au but, sans avoir l'honneur de connaître le secrétaire en chef de la société de gens d'esprit.

Et bien, Monsieur, renvoyez-moi les pointes qui vous atteindront, et qui blesseraient par malheur vos illustres confrères ; elles me prouveront que j'ai le talent de viser juste sans m'en douter, et qu'elles ne peuvent atteindre ceux dont je respecte profondément les vertus, et dont les talens réels ont des droits certains à toute ma considération, quoiqu'ils ne soient pas membres d'une société de gens d'esprit.

Je vous invite, au reste, Monsieur, à tirer parti de la *provision* que vous avez reçue. Vous ne serez pas le premier membre d'une société de gens d'esprit qui aura brillé aux dépens des autres.

Je vous salue aussi bêtement qu'il m'est possible.

L'Auteur du Livre sans titre.

En échange du vers que vous avez eu le bon esprit de m'envoyer, je vous prie d'agréer celui-ci :

La sottise enfanta la première critique.

———————

Daignez, MONSEIGNEUR, m'excuser si j'ai un instant suspendu le développement de l'intérêt que mon épître dédicatoire ne peut manquer de vous inspirer ; mais je suis fidèle à mon plan. Si j'ai le déplaisir d'être souvent interrompu,

j'aurai du moins l'agrément de trouver sans
effort des matériaux pour mon livre ; et vous
aurez le plaisir de ne pas vous endormir en
lisant l'épître, car, entre nous, je ne vois rien
de plus bête qu'une épître dédicatoire.

Vous lirez donc *bénévolement* la lettre de
Monsieur le secrétaire en chef et ma réponse.
Vous avez assez d'esprit, malgré toutes vos
extravagances, pour sentir qu'il était bon que
sa société et lui sachent qu'avec votre protection je braverais toutes les pointes de l'univers,
fût-il tout à coup transformé en société de gens
d'esprit ;

Ce qui serait, ma foi, le plus beau des miracles.

Il ne me reste plus qu'à savoir si vous êtes
disposé à m'accorder cette protection ; nous en
parlerons une autre fois. Mais en attendant vous
ne trouverez pas mauvais que je vous dise,
Monseigneur, que j'autorise la prévention à mur-
murer dans un coin ; la calomnie à siffler dans
un autre ; la sottise à criailler ; le bel esprit
à lancer ses traits phosphoriques dans certains
magasins ; le pédantisme à étaler contre moi
ses platitudes du temps du roi Dagobert dans
certains salons..... Applaudissez (en payant toute-
fois) à tout ce que j'écrirai ; et je me............
daignez m'épargner le reste.

Vous savez , Monseigneur , que je suis un peu original, et que....... A propos d'*original*, il faut que je vous raconte une petite histoire ; et comme

On ment presque toujours dans une dédicace ,

il sera piquant de trouver une histoire véritable dans celle que j'ai l'honneur de vous décocher.

HISTOIRE

De M. Férulien Potopuscus.

M. Potopuscus avait de l'esprit à faire trembler ; c'était le cri de toutes les vieilles bégueules de son quartier et de toutes les têtes à perruque des environs. Le bedeau de sa paroisse ne pouvait s'en taire, et craignait fort pour son salut ; car il savait à ne pouvoir en douter que tous les gens d'esprit allaient droit en enfer aussitôt qu'ils l'avaient rendu , ce qui l'affligeait fort.

Il parlait grec comme Aristote , et latin ni plus ni moins qu'un bourgeois de l'ancienne Rome. On aurait vraiment cru qu'il s'était donné la peine, tant il était gracieux, de revenir exprès au monde pour faire la gloire du dix-septième siècle si philosophiquement bête , comme il le disait lui-même avec beaucoup d'esprit.

Quand il était dans les rues, il se tenait droit comme un flambeau; aussi, quoiqu'il fît peur en riant, les marmots qui le voyaient passer, s'écriaient........ *voilà le grand homme! voilà le grand homme!....* et il disait alors, en étalant son jabot : *c'est admirable, il n'y a plus d'enfans!*

Il savait tout; c'est ce qui fesait qu'il était impossible que les autres sussent quelque chose. Aussi, le disait-il lui-même; et tout le monde le croyait, sur sa parole, comme de juste.

Il ne parlait latin qu'à ceux qui ne le comprenaient pas plus que lui; de sorte que lorsqu'il parlait français, on ne le comprenait pas davantage, tant il était FONCIER.

Malgré l'énormité de son savoir, il était jovial. Il avait toujours un petit conte à vous faire tout nouveau, et qui était excellent, car on en riait depuis le règne de Charlemagne. Toutes les nourrices le savaient par cœur, et ne manquaient pas de le raconter à leurs fanfans, pour leur édification, et pour les endormir.

Mais on n'est pas grand homme sans qu'il en coûte. Il avait pour jaloux, tous les savans et gens d'esprit qui venaient de naître, et qui croyaient ingénieusement qu'on éclipse les Potopuscus avec autant de facilité qu'on fait une encyclopédie.

C'est égal; il fut ferme comme un roc, car il

avait la tête aussi solide ; et, à force de faire semblant de parler latin et d'argumenter en grec, il prouva à tout le monde qu'Aristote avait grande raison quand il disait que *des vessies étaient des lanternes.* Il fit là-dessus un discours d'un si bon poids, qu'on reconnut enfin *qu'on ne peut y voir clair que pendant la nuit :* ce qui fit un peu jaser les aveugles, et beaucoup trembler les fabriquans de quinquets.

Cependant, malgré l'envie, comme c'est l'usage de temps immémorial, le mérite l'emporta. Sa réputation devint si colossale, qu'elle alla tout juste jusqu'aux portes de la ville qui avait le bonheur inouï de le posséder ; et fièrement aux acclamations de toute l'antiquité vivante, il se promut de lui-même aux sublimes fonctions de maître d'école ; ce qui fut grande alégresse pour tous les grecs, et pour tous les latins du jour.

C'est alors qu'il fesait beau le voir, la férule en main, les verges pendues avec grâce à sa ceinture, et de grandes lunettes majestueusement accrochées à son nez rubicond, apprendre à ses marmots à ne rien savoir, à répéter ce que disaient les perroquets de l'ancien monde, à jurer avec énergie contre les fins merles du nouveau, qui jasent comme des pies pour, si faire se peut, transformer en fiers coqs tous les dindons qui vivent..... Bref, il eut bientôt une gloire qui monta aussi haut que la tour de Babel.

Quand elle fut là, il vit qu'il en avait assez pour en distribuer à tous ceux qui en désireraient de la même espèce, et même à ceux qui n'en voudraient pas. Et dès-lors il prôna celui-ci, calomnia celui-là ; s'extasia devant le sot à charge de revanche ; fit la guerre à l'esprit du jour qui est si bête ; dit du mal, comme de raison, de celui qui ne savait ni en faire ni en dire ; trouva bon ce qui était usé ; déchira ce qui était neuf ; répandit de l'esprit à la pointe ; écrivit de la prose à la livre ; se crut un flambeau, se fit passer pour tel auprès de ceux qui croyaient y voir clair à ses côtés ; ne parla que de ses vertus, oublia celles des autres ; se tut sur ses fredaines ; se ressouvint de celles de ses amis ; invoqua les bienheureux du ciel en public ; tourmenta les habitans de la terre en secret ; fut grand homme de coterie ; fut marguillier de sa paroisse ; fut académicien de son village ; et quoique monté plus haut encore, il ne quitta jamais son esprit, son cœur, son fouet et sa férule.

Tel fut, tel est et tel sera toujours M. Férulien Potopuscus, qui ne cessera d'être pour lui son unique objet d'admiration que lorsque, pour le bonheur et pour la gloire du genre humain, les hypocrites, les sots et les pédans auront perdu leur vanité, leur langue, leur grec et leur latin.

En attendant qu'il meure, on a fait son épitaphe qui pourrait convenir à beaucoup de nos grecs et latins modernes.

Il vécut en pédant, et mourut comme un sot.

Bavardons.

Que dit, Monseigneur, votre incompréhensibilité, de cet original qui n'a malheureusement que trop de copies ? Et bien, je parierais qu'en vous racontant son histoire, j'ai fait tout juste celle du Secrétaire en chef de la société de gens d'esprit. Mais quoi ! vous n'y pensez déjà plus : ah ! que vous êtes léger, Monseigneur !

Ce qui m'étonne, c'est qu'avec cette légéreté si bien reconnue, vous teniez avec tant d'opiniâtreté à vos vieilles routines. Eh ! pour l'amour de vous, ouvrez donc les yeux et les oreilles, vous y verrez clair, et vous entendrez à ravir.

Par exemple, à propos de Potopuscus et du Secrétaire en chef, ce qui revient au même, que faites-vous dans votre sein de cette tourbe sèche et froide qui ne rêve qu'en grec, latin et gaulois ; qui n'entendra jamais le FRANÇAIS ; qui n'y voit et ne trouve à manger que dans les ténèbres ; qui, *courant après toutes les*

chandelles

chandelles pour les éteindre, de peur qu'on ne voie trop distinctement la sotte figure qu'elle fait,

> S'irrite du génie, et rougit de la gloire ?

Allons, allons, MONSEIGNEUR, évertuez-vous ; ne faites pas du bruit cependant, mais secouez avec fierté la poussière de vos pieds; renoncez enfin aux vieux habits, parez-vous à la nouvelle mode.

Défendez à toutes les vertus de ne se montrer que sur les lèvres, sous peine de n'être plus considérées que comme des vices.......

Déclarez que la morgue est interdite désormais au vrai talent sous peine d'être bafouée comme plat pédantisme......

Bannissez de vos états l'esprit qui fait du mal...

Ne souffrez plus que l'hypocrisie ressemble à la piété.

Annoncez à la raison qu'elle sera impitoyablement sifflée, si elle n'est pas raisonnable.

Qu'il soit notoire à tous que la fidélité au prince sera réputée *perfidie*, toutes les fois qu'elle parlera avec complaisance de ce qui n'existe plus, pour défigurer avec plus d'adresse ce qui existe et doit exister.

Que tout le monde sache que vous êtes décidé à adopter avec reconnaissance ce qui honorera l'humanité, *quelque nouveau qu'il soit ;* et

★

que vous jeterez au feu ce qui ne pourra plus la servir, *quelqu'admirable qu'il ait autrefois été........*

Que vous voulez que les enfans deviennent des hommes, et que les hommes ne restent plus petits garçons, parce qu'il faut enfin que vous soyez un grand personnage par vous-même, Monseigneur, et non une ménagerie au plus grand profit de quelques escamoteurs.......

Que vous voulez aussi qu'on ne reçoive plus dans les académies que des hommes qui auront fait leurs preuves par de bons écrits, et non par de simples visites beaucoup plus faciles à faire, et dans les grandes institutions enseignantes, que ceux qui sauront réellement quelque chose;

Aux vertus, aux talens rendez enfin justice;

et, morbleu! ne me faites pas mettre en colère! Que votre incompréhensibilité publie un décret qui renferme tous ces articles; et vous verrez comme on parlera d'elle. Je parie, Monseigneur, qu'en un tour de main vous deviendrez le plus aimable et le plus grand public de l'univers.

Je sais bien qu'au fond vous avez les meilleures dispositions du monde, et que vous avez une rage de gloire qui fait brûler ensemble votre tête et votre cœur; mais malgré tout le

tapage que vous venez de faire, je ne sais,
quelque chose vous gêne encore, quoique, l'épée
à la main, vous sachiez vous défaire lestement
de ce qui vous contrarie, et que vous possédiez
enfin un LIVRET ROYAL, qui vaut mieux que toutes
les bibliothèques de tous les Potopuscus de
l'univers, pour vous apprendre quels sont vos
droits et vos devoirs.

C'est égal, MONSEIGNEUR, puisque le Secrétaire
le spirituel et Potopuscus le docte ont amené
le petit bavardage que vous venez de lire, qu'il
ne soit pas perdu pour vous; et, s'il interrompt
l'épître dédicatoire, qu'il fasse au moins partie
de votre instruction. Profitez-en pour la plus
grande gloire de la France et du Roi qui vous
donna, au milieu de la plus belle illumination
qu'on ait jamais vue, le PETIT LIVRET que vous
demandiez depuis *trente* ans. Amen.

AVIS A MONSEIGNEUR.

MONSEIGNEUR, je supplie votre INCOMPRÉHENSIBILITÉ de
bien comprendre qu'il ne faut pas juger un livre par
son commencement. Je sais que ce petit échantillon que
je lui décoche ne signifie pas grand'chose ; il est même
très-possible que ce qui suivra ne vaudra pas mieux. C'est
égal ; vous savez que la prévention sait embellir les

hommes et les ouvrages , et que le sot et l'homme d'esprit sont les dupes des réputations bonnes ou mauvaises. Ainsi parlez *avec enthousiasme* de tout ce que vous avez déjà lu ; on vous croira sur parole. Ce ne sera pas d'ailleurs la première fois que vous aurez prôné des sottises ; et cela fera que vous ne serez pas *attrapé* tout seul, que vous aurez le plaisir d'en *attraper* d'autres , et que j'aurai celui d'*attraper* l'argent de tous ceux qui seront *attrapés*.

Au reste, si vous faites les choses en conscience, je me propose, mais n'en dites rien à personne , je vous prie, de vous donner , pour vous dédommager de l'esprit que je n'ai pas , *l'esprit des journaux* de Paris ; en sorte qu'avec mon livre il est possible que vous ayez encore une gazette, que je nommerai le *KALÉIDOSCOPE MÉRIDIONAL. Je ne manquerai pas de couleurs* pour le faire. Je me mettrai en quatre pour vous faire rire ,

Et pour rire de même en comptant vos écus ,

si vous mordez à la grappe.

~~~~~~~~~~~~~~~~~~~~~~

II.ᵉ LIVRAISON.

~~~~~~~~~~~~~~~~~~~~~~

LIVRE

SANS TITRE, SANS PLAN, SANS SUJET ET SANS FIN ; etc. etc. (*)

═══════════

SUITE DE L'ÉPITRE DÉDICATOIRE.

Ainsi, MONSEIGNEUR, ne me refusez pas l'un de ces petits regards protecteurs vers lesquels tous les fous de l'univers courent comme des enragés, pour faire d'une pierre deux coups, c'est-à-dire, pour attraper votre encens et vos écus ; auriez-vous la rigueur d'être assez injuste à mon égard pour me le refuser, quand vous avez la bonté d'être assez injuste à l'égard de tant d'autres, à qui vous en accordez des milliers par jour ? Et bien, arrangeons-nous à l'amiable. Vous me donnerez moitié ;

───────────

(*) Cet Ouvrage de 4 à 5oo pages paraîtra par livraisons. Le prix de la souscription est 5 fr. franc de port.

ON SOUSCRIT, A TOULOUSE,

Chez Gallon-Fatou, Libraire, rue Saint-Rome ;

Meysonnier, Marchand de Musique, au Mont-Vésuve, rue Saint-Rome ;

Benichet Cadet, Imprimeur-Libraire, rue de la Pomme, n.º 28.

3

Gardez votre fumée , et donnez-moi votre or.

*Je ne serai pas le premier imbécile que vous
aurez ainsi traité , et qui se sera moqué de
vous dans les bras de la fortune ; et......* Mais
pas possible de continuer. Un homme grand et
sec, tête grosse, nez en l'air, œil de perdrix ,
bouche immense , oreilles étendues , doigts en
crochet, ventre de morue, jambes d'une aune,
pied de roi, perruque rousse, chapeau festonné,
habit à l'avenant, entre dans mon cabinet.

Voyons, MONSEIGNEUR, ce qu'il va me dire. Il
a tout l'air d'un original. Je vous conterai tout
fidèlement comme je vous l'ai promis. Bien me
vaut d'avoir bonne mémoire ; cela me dispense
d'épuiser, pour faire mon livre, le peu d'esprit
que j'ai ; souvent

A l'esprit qu'on n'a pas la mémoire supplée.

C'est un prodige que nous admirons tous les
jours dans nos livres nouveaux, dans nos académies, nos théâtres et nos salons.

Visite à l'Auteur par un inconnu.

L'INCONNU.

Monsieur , je vous salue très-humblement.
C'est vous qui........ ah ! oui, je vois sur votre
bureau le titre piquant de ce livre dont..........

BAVARDAGE......... au moins, Monsieur, vous faites preuve de candeur. Personne ne sera attrapé, comme je le disais hier *dans notre salon politique et littéraire.* On doit toujours savoir gré à un auteur aussi peu connu que vous des vérités qu'il annonce. Je vous dérange peut-être, Monsieur ?..... mais je prends un fauteuil. Il faut toujours s'asseoir dans le monde , autant que faire se peut. Il n'est pas souvent facile de se tenir debout. On a vu beaucoup de gens tomber de toute leur hauteur pour ne s'être pas assis à propos.

Je ne sais, MONSEIGNEUR, à qui mon homme fait allusion ici, avec son air épouvantablement malin..... Votre INCOMPRÉHENSIBILITÉ trouvera sans doute le mot de l'énigme, elle qui a vu si souvent

Monter les gens bien haut pour descendre bien bas.

Vous faites donc un livre..... C'est, je crois, une mauvaise saison. On dit qu'ils naissent tous aujourd'hui avec un tempérament si débile, que l'instant de leur naissance ne précède que de quelques minutes celui de leur mort.

L'abondance des fruits nuit à leur qualité ,

disait hier un de nos poètes les plus distingués, *dans notre salon politique et littéraire.* Voyez, par exemple, cet imbécile qui s'avisa, il y a quelque temps, d'en publier un qui s'appelle, je crois, ADIEUX A L'UNIVERS..... Et bien, à peine ce déplorable livre reçut-il le jour, qu'il rendit l'esprit, et ne rendit pas grand'chose ; ce fut l'opinion de tous les honorables membres de *notre salon politique et littéraire.*

Je ne m'attendais pas à la citation. Vous riez, MONSEIGNEUR, je le parie, de la grimace que je dus faire. Notre inconnu vous a vengé des vérités que j'eus l'honneur de vous dire avant MON DÉPART POUR L'AUTRE MONDE. C'est égal ;

Le langage d'un sot parfois n'est pas si bête.

Savez-vous, Monsieur le bavard, qui je suis ? Vous voyez en moi l'homme le plus étonnant de son siècle ; c'est le cri de tous les connaisseurs. Je suis le flambeau de la politique, le distributeur général des nouvelles, le grand prophète des événemens ; qu'ils arrivent ou n'arrivent pas, cela ne fait rien à l'affaire ; ils n'en sont pas moins prédits avec connaissance de cause.........

Reconnaissez enfin un BOURGEOIS DE BLAGNAC.

De BLAGNAC, *Monsieur ? Honneur à cette ville, fameuse dans l'histoire de la Garonne ;*

On sait que dans BLAGNAC la vérité naquit. (*)

(*) Ce village, situé à une petite lieue de Toulouse, est de temps immémorial célèbre par une manufacture de nouvelles qui ont un grand débit à dix lieues à la ronde.

Oui, Monsieur. Vous avez eu grand tort d'annoncer dans l'un de vos prospectus qui, par parenthèse, n'ont pas été du goût *de notre salon politique et littéraire*, qui s'y connaît, car j'en suis le président, que vous ne donneriez pas de nouvelles, mais que vous jaseriez quelquefois sur celles qui viendraient de Paris... Eh! Monsieur, comprendrez-vous jamais quelque chose à ces nouvelles de Paris ?

Si l'un vous parle blanc, l'autre vous parle noir.

Avec plusieurs couleurs on ne peut rien faire de bon aujourd'hui ; IL N'EN FAUT QU'UNE. Donnez des nouvelles, donnez des nouvelles, et puisez-les à la bonne source. Je me charge de vous en fournir de la plus fine espèce, des mieux nourries, des plus abondantes et des plus vraies qui se fassent à mille lieues à la ronde ; car

C'est ainsi qu'en BLAGNAC on les voit circuler:

Je vous porte un échantillon que vous placerez honorablement, je l'espère, dans un des plus beaux endroits de votre livre, si vous voulez lui donner un caractère piquant ; il a fait l'admiration de *notre salon politique et littéraire*.

Alors notre bourgeois de BLAGNAC tira de sa poche un rouleau de papiers qui le disputait en couleur à son habit qui fut noir autrefois, mit ses lunettes qui n'avaient que la moitié d'un verre , toussa , cracha , se moucha , prit une poignée de tabac , et lut ce qui suit avec une voix de tonnerre ;

Et pendant qu'il lisait, il souriait sous cape ;

ce qui me fit penser que ce grand escogriffe était venu pour se moquer de moi , de la part de *son salon politique et littéraire.* Quoi qu'il en soit, Monseigneur , vous serez régalé de sa nouvelle ; et si elle n'a pas le sens commun , vous en ferez ce que vous faites des inepties dont on vous régale tous les jours , en prose et surtout en vers ;

Vous gémirez tout bas de l'avoir trop payée.

NOUVELLES ÉTRANGÈRES
De Mistiphon Comblor.

De Mistiphon Comblor, grand Dieu !

Dans quel pays , Monsieur , se trouve cette ville ?

« C'est la capitale du royaume de Cocomédon , qui brille entre tous les autres , depuis mille ans , dans la GRANDE ILE DES ÉCREVISSES. Elle est placée sous le méridien de la lune. »

Vous êtes bien heureux, Monsieur, de rece-voir des nouvelles de ces pays inconnus.

« Monsieur , nous avons à BLAGNAC un secret

immanquable pour en avoir d'extraordinaires,
et dignes d'occuper profondément les têtes les
mieux organisées. »

C'est que peut-être aussi.......

Quand on n'en reçoit pas , on sait fort bien les faire.

« Il est cependant très-étonnant que vous
n'ayez pas entendu parler de L'ILE DES ÉCREVISSES;
car c'est précisément de ce pays-là , où il fait nuit
en plein midi , que sont venues dans le nôtre
les plus belles choses du monde; comme qui
dirait les vieux donjons , le droit du seigneur,
la grande ménagerie des animaux blasonniques,
l'art de nouer les aiguillettes , le talent admirable de rendre la justice à coups de lance, les
sorciers, les revenans, les contes de nos nourrices,
le cabinet des fées, les pédans, les bonnets de
docteur, la noble science de prouver à la raison
qu'elle n'a pas le sens commun, et la fameuse
preuve que le genre humain fut expressément
créé pour obéir à perpétuité à des lois écrites
par gens qui ne savaient pas lire. J'ai dans ce
royaume un ami d'une exactitude incomparable,
mais surtout d'une véracité à toute épreuve,
qui m'envoie des estafettes aussitôt que j'en désire,
ce qui est très-commode pour *notre salon politique et littéraire*, et pour tous les lieux où
nous avons des correspondans. Or écoutez. »

Étonnante, admirable, incompréhensible, épou-
vantable, et sans pareille aventure.

INSURRECTION GÉNÉRALE DES OISONS CONTRE LES MERLES.

Mon cher correspondant, un phénomène des plus extraordinaires a frappé de terreur le beau royaume de Cocomédon, et vient de fixer enfin toute la grande île des écrevisses sur l'âme d'un certain genre de bêtes du pays, qui se croyaient beaucoup d'esprit parce qu'elles n'en avaient pas dutout. Une colonie nombreuse d'OISONS avait autrefois formé cet état. Cette puissance avait ses lois, ses grands, ses petits, ses riches, ses pauvres, ses oisons d'esprit, ses oisons imbéciles, ses oisons académiciens, ses oisons journalistes, ses oisons BONASSES, ses oisons tartufes, comme un autre, sans compter ses oisons d'affaires, ses oisons auteurs, ses oisons diplomates, ses commis et ses écornifleurs de toutes les espèces, même ses salons politiques et littéraires.

De temps immémorial, des MERLES venus de je ne sais où, par un vent de nord comme on n'en avait jamais senti, fesaient impunément leur embarras dans le pays. Ils avaient le bec fin, des estomacs à faire trembler, et des griffes auxquelles rien de ce qui était bon ne pouvait

échapper. Aussi bridèrent-ils les oïsons, qui étaient
les plus honnêtes personnes du monde, pendant
une nuit qui fut très-longue...... Aussi ces diables
de MERLES ne leur permirent-ils, tant que cette
nuit dura, d'ouvrir leurs becs que tout juste
autant qu'il le fallait pour manger leurs restes....
Aussi, pour faire leur bonheur, leur arrachè-
rent-ils les trois quarts de leurs plumes....... ce
qui, disaient nos fins MERLES, fesait le plus grand
plaisir au dieu du pays, et était par conséquent
l'ordre des choses le plus naturel, le plus juste
et le plus admirable qu'on puisse voir ; car,
disaient-ils aussi, cela se fesait partout pour le
bonheur de la terre et pour la gloire du ciel,
depuis l'origine des oïsons et l'heureuse invention des MERLES.

Or, avec le temps qui, après avoir dérangé
les affaires, s'amuse parfois à les raccommoder,
il advint que quelques oïsons qui n'étaient pas
si bêtes, à force d'entendre jaser, en écoutant
aux portes ceux qui les avaient bridés, ap-
prirent peu à peu, et sans que cela parût,
comment on s'y était pris pour faire des brides....
comment il s'était fait qu'ils avaient été ensor-
celés par la jaserie des MERLES...... comment ils
s'étaient accoutumés, sans mot dire, à en recevoir force coups de bec et de griffes...........
comment il s'était fait enfin que des oïsons de

cœur eussent été jusqu'à ce jour aussi sots que
des hommes qui n'en avaient pas....

Ne voilà-t-il pas qu'au milieu de la nuit ils
allumèrent tout-à-coup un million de chandelles ;
et qu'à la faveur de cette magnifique illumination qui n'avait jamais eu d'égale, les MERLES,
qui leur avaient paru couleur de rose, leur pa-
rurent noirs comme de l'encre, ce qui les étonna
fort. Mais ce qui les émerveilla le plus, c'est
quand ils virent qu'ils y voyaient clair comme
en plein midi, et que tous les OISONS de la terre
pouvaient devenir aussi fins que les MERLES les
plus fins, et avoir la langue tout aussi bien
pendue. Et voilà qu'ils se mettent à jaser comme
des pies.... et voilà qu'ils font un sabbat de tous
les diables..... et voilà que ce tapage, qui n'eut
jamais son pareil en enfer, brise les oreilles de
tous ceux qui en avaient à mille lieues à la
ronde........ De sorte qu'en commençant par la
capitale Mistiphon Comblor jusqu'au plus petit
hameau, toutes les vitres du royaume de Cocomédon furent impitoyablement cassées ; ce qui
fit que les MERLES, étourdis de tout ce bacchanal,
dénichèrent à tire-d'aile, et s'en allèrent dans
les oisonneries étrangères.

Les OISONS cocomédoniens qui, dans le fond,
quand on ne leur monte point la tête, sont les
meilleurs enfans du monde ; qui ne voulaient

que rogner un peu les griffes des MERLES sans leur faire du mal, et jaser librement en portant la tête haute et sans bride inutile, voyant que les OISONS des autres pays osaient se mêler de la querelle du ménage, prirent le mors aux dents, et s'en allèrent sans façon leur distribuer force taloches; en sorte que, si on les avait laissé faire pendant qu'ils étaient en train, ma foi, il n'y avait plus ni MERLES couleur de rose, ni OISONS bridés à six cents lieues autour de l'île des écrevisses; ce qui aurait été la chose la plus originale qu'on puisse voir sur la terre.

Mais, malgré tout cela, nos OISONS n'y voyaient pas plus loin que leurs becs, au milieu de leurs cent mille chandelles allumées. Il y en avait parmi eux bon nombre qui raffolaient des MERLES, parce que ceux-ci leur donnaient finement à manger une certaine graine jaune et blanche qui empoisonnerait le diable, quoiqu'on dise que c'est lui qui la fait venir pour le service de ses meilleurs amis. Tant il y a, que les MERLES en tirèrent le plus joli parti du monde, et qu'elle a fait faire et dire bien de sottises aux OISONS DÉBRIDÉS, sans qu'ils s'en doutent.

De sorte donc que ces OISONS félons, qui voulaient devenir MERLES, brouillèrent les cartes à ne plus se reconnaître; ce qui fit un charivari si diabolique, que les OISONS d'esprit y perdirent

leur grec et leur latin. Il y en eut aussi beaucoup qui ne surent ce que leurs têtes étaient
devenues dans ce beau tintamarre. Ce qu'il y
eut surtout de fort original, c'est qu'à chaque
départ d'une tête, une belle chandelle s'éteignait
aussitôt....... Bref tout alla sens dessus dessous ;
ceux qui étaient noirs paraissaient blancs ; ceux
qui étaient blancs paraissaient noirs ; il y en
avait aussi qui paraissaient de toutes couleurs ;
de façon que personne ne se reconnaissait, et
que tout le monde finit par courir après la
graine jaune et blanche pour en faire bonne
provision. Alors, ma foi, un certain OISON,
voyant que tous les autres avaient décidément
perdu la cervelle et le cœur, se mit en tête de
se faire GRAND-MERLE ; et, pour qu'on
ne vît point sa manigance, il commença par
jeter beaucoup de poudre dans les yeux de ses
camarades les OISONS, et le voilà partant avec
eux pour aller faire un tapage de possédé dans
les oisonneries les plus éloignées. Mais le diable
l'attendait là ; il y perdit ses griffes et ses ailes ;
et pendant qu'il les cherchait, les vieux MERLES,
qui s'étaient jadis envolés, passèrent sur la mer
rouge ; et ma foi, ils sont tous revenus dans le
royaume de Cocomédon, les uns très-bons enfans,
les autres un tantinet rancuneux, et presque
tous grands amis de la nuit comme autrefois.

La plus grande partie des OISONS les a vus reparaître avec plaisir, parce qu'il y a de très-bonnes personnes partout, même parmi les MERLES. Mais ce qui les a un peu chiffonnés, c'est que les MERLES en ont amené un d'une espèce singulière comme depuis long-temps on n'en avait vu dans le pays des OISONS cocomédoniens, et auprès duquel les MERLES des autres pays ne sont que des OISONS. Il vit sur l'eau, et attrape toute la terre qu'il peut. Il a des ailes qui le font aller par tout le monde aussi vite que le vent, et des griffes auxquelles rien n'échappe. Il a aussi de cette graine jaune et blanche dont j'ai parlé ; mais il en a...... il en a...... il en a que ça fait trembler ; aussi a-t-il un esprit qui se moque de tous les autres, et ne tire-t-il jamais sa poudre aux moineaux, parce que dans son pays on ne voit ni OISONS bridés ni MERLES qui fuient la lumière. Enfin ce diable de MERLE a disparu ; et les cocomédoniens, OISONS et MERLES, ne seront pas assez sots pour le laisser revenir.

Un calme plat a succédé à la tempête. On ne se donne plus de coups de bec dans le royaume de Cocomédon ; mais il y a force coups de langue et force coups de patte ; ça ne fait ni bruit ni mal jusqu'à présent, malgré quelques petites niches que les MERLES rancuneux font encore aux OISONS, et quelques petites chaînes qu'ils voudraient leur mettre finement aux ailes , tout en ayant l'air de vouloir CONSERVER l'ouvrage des OISONS ILLUMINÉS.

P. S. Nous recevons à l'instant la nouvelle , que par un prodige étonnant il n'y a presque plus d'OISONS dans le pays , et qu'on n'y voit que des MERLES BLANCS..... Cela a été fait par la vertu d'une fleur blanche qu'ils ont toujours beaucoup aimée. Cette belle fleur s'appelle RUFLE ED SIL...... Ils espèrent qu'avec elle enfin ils gazouilleront sans gêne ; trouveront leur pitance sans fatigue ; ne verront plus d'étoiles en plein midi ; ne prendront plus martre pour renard , ni vessies pour lanternes , ni énigmes pour vérités , ni vers luisans pour soleils.

J'aurai soin , mon cher correspondant, de vous tenir au courant de tout ce qui se passera de nouveau dans le pays des OISONS devenus MERLES. J'espère que je ne vous apprendrai jamais que de MERLES ils sont redevenus OISONS.

Et bien , monsieur le bavard , l'échantillon des nouvelles que je vous destine vous plaît-il ?

C'est vraiment neuf , Monsieur , et digne de BLAGNAC ;

mais quoique nous ayons ici autant d'oisons qu'il peut s'en trouver dans le royaume de Cocomédon, car

C'est race d'animaux qui pullule en tous lieux ,

c'est la première fois que j'entends parler d'un événement aussi extraordinaire. Dans quelle partie de l'univers se trouve donc l'île des écrevisses ?

Admirez :

On la trouve, Monsieur, sur tous les points du globe.

C'est ce que disait hier très-poétiquement un membre fameux de *notre salon politique et littéraire.* Donnez-moi LA CARTE DU MONDE.....

Ma foi, Monsieur, depuis qu'il y a eu tant de cartes brouillées, j'ai perdu la mienne.

Pauvres oisons ! (s'écria notre homme avec une voix de tonnerre, et ouvrant une bouche d'une épouvantable dimension) VOUS EN PENDRIEZ CENT MILLE PAR JOUR, SI ON VOUS LAISSAIT FAIRE.

Ce compliment, Seigneur, vous appartient de droit.

Comme vous avez plus d'esprit que moi, voyez si votre auguste INCOMPRÉHENSIBILITÉ serait d'humeur à s'en accommoder.

Adieu, monsieur le bavard, j'aurai l'honneur de vous revoir, et de vous apporter une nouvelle bien plus étonnante encore. Il ne s'agit de rien moins que de TÊTES HUMAINES D'UN NOUVEAU GENRE ET D'UN GOUT DÉLICIEUX, qui n'auront rien de commun avec nos têtes à perruque, vieilles ou jeunes, et qui doivent être fondues par la vertu régénératrice de MIROIRS ARDENS de merveilleuse invention. En attendant, parlez dans vos bavardages de mes MERLES et de mes OISONS ; et n'oubliez pas de mettre à la fin de l'histoire ce vers que le plus grand poète de *notre salon politique et littéraire* fit hier dans un beau moment d'enthousiasme *parnassien :*

L'histoire des humains n'est qu'un triste apologue.

Je vous salue.

Il partit

Pour aller dans BLAGNAC forger d'autres nouvelles.

MONSEIGNEUR , ce diable d'homme est malin comme un singe. Dieu nous préserve d'une seconde visite.

Assez d'autres menteurs nous mentiront encore.

Bavardons.

Qu'importent, MONSEIGNEUR, quand vous êtes définitivement fixé sur le système de vos réglemens généraux, quand porté sur des torrens de lumière au temple de la gloire, vous avez reconnu, sur chaque feuille de l'auguste LIVRET qui le contient, le sceau de la sagesse, la consécration de vos droits les plus chers et les moins aliénables, et l'expression solennelle de votre volonté et de celle du prince...... qu'importent

portent toutes ces allusions rebattues aux antiques erreurs qui viennent de disparaître sous
des millions de trophées; ce rabâchage au moins
inutile sur des catastrophes inévitables, quand
un énorme et vieux édifice s'écroule tout-à-coup,
et devait nécessairement s'écrouler? Cessons de
parler de notre vieille honte; ne portons nos
regards que sur les hautes destinées qui nous
attendent. Arrachons les cyprès qui couvrent
notre chère patrie. N'avons-nous pas à notre
disposition des forêts de lauriers que nous avons
le droit de parcourir avec orgueil? Le temps
passé et le temps présent n'en doivent plus
former qu'un, celui de l'INTELLIGENCE SACRÉE ET
DU COURAGE INVINCIBLE, qui ont ensemble saisi le
vrai bien, et qui l'ont irrévocablement conquis.

Chacun a eu ses erreurs, et celui qui craignit
la réforme, et celui qui eut le droit de la désirer
et le noble courage de la faire. L'un avait
de longues habitudes qu'il devait chérir parce
qu'elles flattaient son orgueil, et parce qu'il les
prenait pour l'expérience de la sagesse; l'autre
avait le désir ardent de la nouveauté, que trop
souvent il prit pour le bien public. Tous deux,
avec de bonnes vues, furent les dupes de ce qui
trompa toujours les hommes. Ils le furent surtout de ces génies atroces qu'enfantent d'un
commun accord l'intérêt, l'ambition et la ven-

4

geance, et qui, dans les commotions politiques, s'enveloppant des ombres sanglantes du plus affreux mystère, savent distribuer leur poison sans le faire voir, mais de manière à lui garantir son épouvantable efficacité.

On a dit, Monseigneur, que tout était relatif dans le monde ; on a eu raison. Soyons de bonne foi ; quelle manière de gouverner les hommes pouvait-on adopter après la chute de l'empire romain, qui couvrit la plus grande partie de la terre connue de débris sanglans, et ne fit de tous ceux qui l'habitaient que de fous sans frein qui pût les contenir, et sans lumières qui pussent les éclairer ?

L'ignorance et l'orgueil régnaient sur l'univers.

Qu'était devenue cette raison profonde, ce génie de la civilisation, qui répandirent de si nobles feux sur les peuples antiques, quand ce qui devait les conserver jusqu'à nous avait disparu dans des massacres généraux ; quand les grands objets auxquels ils doivent naturellement s'appliquer, échappaient sur des fleuves de sang à leurs augustes combinaisons ?

Soyons vrais. Quand le sceptre romain fut brisé, vous fûtes aussitôt, Monseigneur, le plus détestable et le plus vil de tous les êtres. On vous donna les seules lois qui vous convenaient ; elles

furent aussi bizarres que vos goûts étaient ridicules; elles devaient l'être..... Elles furent aussi
féroces que vous l'étiez vous même; elles devaient
l'être aussi....... et si la religion chrétienne, ce
grand bienfait du créateur, pour conserver la
dignité de l'homme au sein même de la barbarie,
n'avait constamment répandu sur vous ce baume
sacré qui adoucirait les tigres, et n'aurait dû
jamais en créer; si elle n'eût fait disparaître
une partie de vos maux et de votre férocité,
par les charmes d'une espérance divine, vous
auriez si bien fait votre compte, MONSEIGNEUR,
que vous vous seriez arraché de vos propres mains
le dernier soupir qui vous restait et la dernière
goutte de sang qui circulait dans vos veines
brûlées......

Peu à peu cependant quelques hommes au-
dessus de leur siècle parvinrent à vous façon-
ner, et même à vous garantir de vos plus grands
accès de fureur. UN CERTAIN POINT D'HONNEUR SE
CRÉA..... ce fut celui de vous défendre et de
vous dominer par la gloire. Cette passion, qui
n'entend pas raillerie, tint lieu de toutes les
autres. Dans des temps encore barbares, elle
devait avoir ses écarts, ses préjugés, ses ridicules et même sa rage; elle les eut.... Mais elle
vous accoutuma à une manière de vivre qui,
vous disposant insensiblement à une meilleure,

vous fit sentir malgré vous l'utilité des lois, bonnes ou mauvaises, et les douceurs de quelques vertus domestiques perdues au milieu de vos égaremens, que l'ignorance la plus profonde ne cessait de multiplier.

Mais tout s'approche imperceptiblement de son terme. L'ordre des choses établi par le grand créateur veut que tout change, quoique sur une base aussi immuable que lui. Les débris de l'antiquité orientale, poussés par de nouvelles tempêtes nées dans son sein, vinrent étonner l'occident. Ils éclairèrent d'abord l'Italie, qui à son tour devait éclairer la France, qu'un grand roi, *par des établissemens prodigieux pour son siècle*, avait préparée à recevoir la lumière de quelque côté qu'elle lui vînt.

Les Bourbons très-souvent ont créé leur patrie.

Ce fut alors, MONSEIGNEUR, que vous commençâtes à valoir quelque chose ; à prendre une idée positive de votre dignité originelle, et que L'HONNEUR qui s'était fait le père de la noblesse ne dédaigna pas de rendre quelques hommages à la RAISON. Les temps héroïques de la France commencèrent comme ils avaient commencé dans la Grèce et dans Rome.

Bientôt l'art d'assommer les hommes pour avoir de la gloire, s'allia avec celui de les gouverner le mieux possible. Peu à peu les idées se portèrent naturellement vers les améliorations politiques. Mais ce diable D'HONNEUR, sauvage et toujours tyran, quand on n'a pas encore trouvé le grand secret de le contenir dans les bornes dont il a besoin pour cesser d'être un fléau, crut qu'il devait éternellement dominer sur vous. Il se plaça avec fierté au-dessus des lois, et s'arrogea le droit de les faire. Il tint opiniâtrément à ses calculs barbares, et se trompa; car il osa faire ses esclaves de ceux dont il ne devait être que le protecteur; mais, ma foi, ces esclaves, qui avaient conservé une partie de leur raison, s'indignèrent quelquefois contre les chaînes qui les dégradaient; et vous devez vous en souvenir, MONSEIGNEUR, vous tentâtes souvent de les briser sur les têtes endurcies de ceux qui s'obstinaient à en forger.

Mais l'orgueil se joua de vos nobles efforts.

Il fallait cependant que tôt ou tard ce manége de la vanité et de la perfidie trouvât son terme. Cet HONNEUR maladroit eut beau dérouler ses blasons sanglans, tendre ses filets de fer dans l'ombre, éblouir les yeux du faste de ses déprédations, envelopper la raison publique de tous les prestiges de son antiquité, de ses services intéressés, de ses droits prétendus et de

votre honteuse habitude, Monseigneur, à les reconnaître et à les révérer............ A travers les
siècles l'époque de votre affranchissement s'ap-
prochait.... il faut le dire, honneur et reconnaissance à la plupart de vos rois. Vous leur avez
l'obligation d'avoir reçu de leurs mains les premiers principes de votre liberté.

Soyez juste, Seigneur, et lisez votre histoire :
vous verrez si je mens.

Le bon Henri IV s'élança, quoique avec bien
de la peine, des massacres préparés par l'orgueil,
et fidèlement exécutés par le fanatisme son terrible instrument. Il vit et aima le peuple, parce
que la nation dont il fut le père et le roi ne
peut être une partie d'elle-même, quelque noble
que soit cette partie ; car elle est un grand tout
vivant sous le même ciel, sur le même sol,
avec les mêmes droits à elle consentis par le
père commun. Aussi cette belle nation, étourdie
mais aimable, vaillante et généreuse, lui érigea-
t-elle dans le fond de son cœur le plus beau
des trophées........ et vous savez, Monseigneur,
qu'elle en a préparé un autre, dans le même
endroit et de la même espèce, pour son descendant, qui se trouve dans une position qui
ressemble à la sienne, et qui paraît avoir les
mêmes projets, avec cette différence très-heu-

reuse pour lui et pour nous, que des flots de
lumière l'enveloppent de tous côtés, et qu'il ne
peut porter ses regards sur aucun point de l'Europe, qu'il ne voie les traces innombrables de la
valeur que deux millions de français consacrèrent
à la liberté de leur patrie.

Que Dieu nous le conserve, et la charte avec lui.

Pour revenir à notre affaire, MONSEIGNEUR,
un certain homme qui ne mérita qu'on lui par-
donnât d'avoir oublié l'auguste ministère auquel
il s'était dévoué, que parce qu'il rangea un peu
à leur devoir ceux qui croyaient que vous leur
deviez tout en votre qualité de VILAIN...... un
certain cardinal, tout en plantant le despotisme,
sema, sans qu'il s'en doutât, le germe de la liberté publique, en ouvrant au génie une carrière immense, et qui ne demandait pas mieux
que de faire son explosion. Le grand Corneille
s'élança sur l'horizon comme un aigle, et fut
le premier peut-être qui donna aux idées un
branle qui n'aura plus de fin.

Louis XIV arriva au milieu d'une illumination
qui n'avait pas eu d'égale depuis le siècle d'Auguste; et, ma foi, quand Louis XV parut à son
tour, tout le monde, comme de raison, et comme
il en avait le droit, voulut savoir de quoi il était
définitivement question sur la terre; ce qui fit

qu'on s'aperçut de tant de choses qui n'avaient
pas le sens commun, qui tenaient aux vieux
siècles, et ne convenaient plus à celui QUI Y
VOYAIT CLAIR; qu'on jasa de tous les côtés; qu'on
chercha, comme c'était naturel, à se mettre enfin
à son aise, et comme l'indiquaient fortement
ensemble la justice et la raison. On courut après
les causes; on combina les effets en rougissant;
on chercha des moyens réparateurs; le génie,
toujours brûlant, d'accord avec la raison toujours
active, les fit trouver.... Bref, vous savez, MON-
SEIGNEUR, le beau tapage que vous avez fait depuis
trente ans. Vous avez fait de grandes sottises
aussi, il faut en convenir; mais que de grandes
vérités vous avez proclamées, et quelle moisson
de lauriers couvre votre tête!....... morbleu! ne
les oubliez pas; mais surtout soyez sage, car,
malgré vous, on vous les ferait bientôt oublier;
les vérités s'envoleraient pour ne plus revenir;
tous vos lauriers seraient flétris, et L'HONNEUR
ANTIQUE reverdirait des plus belles, pour faire
rire les uns, et déshonorer tous les autres.

Soyez ferme comme un roc en vous appuyant
sur la charte. Ne soyez plus dupe des vieilles
écoles, ni de tant de vieux maîtres qui ne
veulent rien apprendre. En remontant d'antiquités en antiquités, vous vous trouvez remonté
tout juste à votre origine, sous la main de la
raison

raison que Dieu vous donna lui-même. Obéissez
à cette auguste raison. Soyez fiers de ses oracles
sacrés ; elle ne les rend que pour votre bonheur
et pour votre gloire, et ne fut créée que pour
les rendre. Elle doit suffire à votre esprit et à
votre cœur, pour braver avec courage tous les
piéges qu'on vous tend, toutes les calomnies dont
on vous honore ; pour oublier tous les maux
dont on vous gratifia, et pour vous tenir en garde
contre ceux dont il est possible qu'on vous
gratifie encore. Vous avez enfin votre affaire,
MONSEIGNEUR ; VOUS AVEZ GAGNÉ VOTRE PROCÈS..... Il
vous coûte cher à la vérité ; mais c'est égal ; vos
avocats ont fait merveille. Le jugement est tout
au long avec ses *considérans* dans le PETIT LIVRET
dont j'ai déjà parlé, duement signé PAR LE GRAND
JUGE qui, pour sa plus grande gloire et pour la
nôtre, l'a rendu EN AUDIENCE TRÈS-PUBLIQUE... Veillez
ferme à son exécution confiée à votre sagesse
et à votre courage. Qu'elle soit pleine et entière ;
ne transigez avec aucun de ses articles ; c'est un
arrêt sacré, irrévocable, qu'ont ensemble, à la
face de l'univers, rédigé le génie, la justice et
la raison. Il est aussi l'acte le plus auguste de
la reconnaissance publique envers nos guerriers
et les citoyens généreux qui proclamèrent les
droits des peuples. Seul encore, il répare l'outrage que le despotisme osa faire à la liberté

*

pendant quelques années, et le proscrit à jamais. Dites avec moi, MONSEIGNEUR, et avec la plus loyale partie de vous-même,

On n'aime pas le roi, si l'on n'aime la charte.

Et puis faites placer sur une belle pièce de marbre noir, qui sera posée à l'entrée de tous vos édifices publics, l'inscription suivante en lettres d'or :

La liberté du peuple est l'ouvrage du roi.

Ainsi donc, que le président du *salon littéraire et politique* de BLAGNAC aille se promener avec ses MERLES et ses OISONS. Qu'il sache que lorsqu'on triomphe, on doit être généreux envers celui qui se trouve vaincu, et que puisque celui-ci fait partie du même corps, on ne peut le blesser sans se blesser soi-même. Qu'il sache aussi qu'il est temps de mettre aux oubliettes les torts de tout le monde, pour ne se ressouvenir que de ce qui fait la gloire des uns et des autres; car, de tous côtés, chacun a fait de son mieux pour défendre ce qu'il a cru le meilleur. On peut se tromper avec sa conscience; mais quand on a le bonheur de l'entendre, on conserve ses droits à l'estime malgré les erreurs où l'on tombe. Ne revenons plus sur le passé, parce que ce n'est pas assez s'occuper du présent. Pour jouir comme il faut du bien que le mal a pu faire, brisons l'instrument, de peur qu'avec lui le chef-d'œuvre qu'il a produit ne soit également brisé.

Oublions nos malheurs, et sauvons la patrie;

et nous verrons bientôt la morale sans erreur se confondre avec la liberté sans contrainte comme sans licence. Toutes les idées se trouvant saines alors et en harmonie avec les affections des cœurs bien dirigés, tout marchera vers ce qui ennoblit, et ne peut jamais dégrader les hommes. Leurs âmes se reposeront majestueusement sur des principes qui les flatteront dans tous les sens. En s'aimant, ils sauront se respecter; en travaillant les uns pour les autres, ils se plairont à se rendre mutuellement justice dans quelque position qu'ils se trouvent. Bientôt aucun ne sera assez imbécile pour croire qu'il est d'une espèce supérieure à l'autre.... et tous, dans quelques rangs qu'ils soient nés ou qu'ils aient conquis par leurs services, dignitaires ou particuliers, riches ou pauvres, vivront esclaves des lois, fidèles aux Bourbons, intrépides défenseurs de la liberté de leur patrie, et profondément pénétrés de cette auguste verité, qu'enfans du même Dieu, lui seul est notre maître; et que les combinaisons sociales n'ont pu être imaginées pour dégrader la plus grande partie des

hommes, mais pour protéger leur dignité naturelle, et pour faire leur bonheur.

Vivent le roi, la charte, et ceux qui les défendent

DE BONNE FOI.

~~~~~~~~~~~~~~~~~~~~

III.ᵉ LIVRAISON.

~~~~~~~~~~~~~~~~~~~~

LIVRE

SANS TITRE, SANS PLAN, SANS SUJET ET SANS FIN ; etc. etc. (*)

═══════════

SUITE DE L'ÉPITRE DÉDICATOIRE.

Ne vous étonnez donc pas, Monseigneur, que j'ose inviter votre admirable incompréhensibilité à me donner quelque chose de plus palpable que la fumée que vous distribuez presque toujours sans savoir ce que vous faites. Aujourd'hui plus que jamais peut-être,

Pour avoir de l'esprit il faut avoir de l'or ;

ma nourrice ne cessait de me le répéter ; je m'en souviens parfaitement. Elle me disait aussi que ce n'était qu'à ce dieu, dont le culte ne

──────────

(*) Cet Ouvrage de 4 à 5oo pages paraîtra par livraisons. Le prix de la souscription est 5 fr. franc de port.

On souscrit, a Toulouse,

Chez Gallon-Fatou, Libraire, rue Saint-Rome ;

Meisonnier, Marchand de Musique, au Mont-Vésuve, rue Saint-Rome ;

Benichet Cadet, Imprimeur-Libraire, rue de la Pomme, n.° 28.

5

trouva jamais de récalcitrant, que vous deviez l'éclat qui vous environne, quoiqu'il soit furieusement trompeur............ les beaux édifices qui décorent vos villes, quoique souvent ils soient cimentés avec des larmes et du sang......... les bons morceaux dont se régale votre INCOMPRÉHENSIBILITÉ, quoique parfois ils soient dérobés aux malheureux qui n'ont pas du pain...... les bons livres qui vous font dormir, quoique souvent ils aient ravi le sommeil et les douceurs de la vie à ceux qui eurent la bétise de les composer pour vous divertir, ou pour votre instruction et votre gloire....... les jolies femmes qui vous amusent, quoique souvent elles se moquent de vous..... Trouvez-vous, MONSEIGNEUR, tant de jolies choses avec ces imbéciles qui, tout en ayant l'air de prendre à cœur vos plus chers intéréts, n'ont pas un sol dont il leur soit possible de disposer à votre service ? Ah ! comme vous trouveriez mon bavardage délicieux, si j'avais de quoi payer votre protection et vos louanges !

Que n'ai-je imité un brave homme de ma connaissance qui demeurait il y a trente ans rue des JEUNEURS, à Paris ; il demeure aujourd'hui rue GALLION ; il se nommait monsieur LAFLUTE. Parbleu, il faut que je vous raconte son histoire..........

Mais un petit moment ; permettez que je lise une lettre que je reçois à l'instant....................
....
....

Peste , MONSEIGNEUR , lisez-la aussi cette diable de lettre. Si l'écrivain me paraît plaisant , la missive ne manquera pas de vous paraître très-piquante. Vous aurez ensuite l'histoire de monsieur Laflute.

_____

LETTRE

A l'auteur d'un livre sans nom comme lui.

MONSIEUR,

Quoique je ne me soucie guère de savoir si vous avez des talens , j'ai bonnement souscrit pour avoir votre livre. J'ai , comme les autres , jeté mes cent sous à l'aventure ; et j'ai bien peur que ce ne soit comme si je les avais jetés par la fenêtre. En tout cas , vous aurez, je l'espère , le bon esprit de les ramasser. Tant mieux pour vous , et tant pis pour moi , si j'ai fait une sottise ; que dieu vous la pardonne ; le diable n'y perdra rien de mon côté.

Comme je n'ai rien compris à vos prospectus , et que vous avez l'air de promettre , comme on dit , plus de beurre que de pain , je voudrais savoir , avant de vous lire , si je pourrai vous comprendre. Je vous préviens d'une chose ; c'est que je tiens à mon opinion comme un diable , et que si vous aviez la sottise de vous battre les flancs pour m'en faire changer , vous y perdriez net votre latin, en eussiez-vous autant dans la tête que nos facultés en ont dans leurs bonnets.

Quelques personnes qui ne sont pas assez bêtes pour faire des livres comme vous, prétendaient hier dans une assemblée qui pétille d'esprit, et qui succombe sous le poids de la science, que si vous fesiez gémir la presse, ce n'était que pour faire gémir à leur tour ceux qui ne penseraient pas comme vous sur ce qui s'est passé, sur ce qui se passe, et sur ce qui peut encore se passer sur le théâtre des mondes ancien et nouveau. Prenez-y garde, Monsieur; on veille sur vous. Ne faites pas, je vous en supplie, comme l'âne qui se cache dans un buisson, et se laissa prendre par les oreilles qui se voyaient à travers les feuilles....... Gare à vos oreilles, Monsieur; elles sont belles; il serait vraiment dommage qu'on vous les escamotât; ce serait une trop grande perte pour vous qui les portez à merveille.

Je suis, Monsieur, avec la plus respectueuse inquiétude sur le sort de vos oreilles, le plus entêté de vos serviteurs,

PAPEPIPOPU, BLANC OU NOIR.

P. S. On m'apporte à l'instant vos deux premières livraisons; elles ne pouvaient arriver plus à propos. Il faut espérer que, plus efficaces que toutes les ordonnances de mon médecin, elles me guériront d'une cruelle insomnie qui me fatigue beaucoup depuis quelque temps.

Comment trouvez-vous cette lettre, MONSEIGNEUR ? N'est-il pas plaisant que ce monsieur rende une partie de l'extérieur de ma tête responsable des sottises de son intérieur ? Si pareille peine menaçait tous les auteurs qui, comme moi, ne savent ce qu'ils disent....... tu dieu! quelle provision d'oreilles on ferait aujourd'hui ! il y en aurait assez pour en fournir à tous ceux qui en manquent,

Et qui n'entendent pas les cris de la raison.

Quel est ce monsieur Papepipopu qui est BLANC ou NOIR, qui prend un si grand intérêt à mes oreilles, et qui craint que je me casse le nez contre la solidité de ses opinions ? Eh ! que me fait à moi ce que pensent tous les Papepipopu du monde ? Ma foi, je les laisse parfaitement libres d'y voir, s'ils ne sont pas aveugles, ou de n'entendre rien, s'ils sont sourds.

Je n'ai d'autre désir, MONSEIGNEUR, que de vous voir frais, gaillard et dispos ; chanter, danser, et rire comme un fou. Chacun n'est-il pas le maître de se trouver plus d'esprit qu'aux autres, de se donner vingt pieds de plus de hauteur, ou de n'aller que terre à terre brouter honorablement l'herbe des champs, tandis que les plus fins en mangent les fruits, au plus grand avantage de l'univers ?

Pense-t-il, ce monsieur Papepipopu, que, pour ses cent sols, je lui enverrai un chef-d'œuvre ? Est-ce qu'il ne sait pas qu'on n'en fait plus,

parce qu'il y a trop d'esprit aujourd'hui ? Qu'est-
ce qu'il me veut avec son âne dans un buisson ?
Croit-il que j'aie peur de ceux qui m'écrivent,
ou qui me critiquent ingénument à tort et à
travers ? Il se trompe. J'appartiens comme lui
au bon vieux destin, dont je me moque ; et
quelque égratignure qu'il me fasse, ou quelque
coup qu'il assène sur mon chétif individu, je
suis prêt à en rire comme j'ai toujours ri, et
comme je ris encore de tant d'autres choses
tout à fait risibles que j'ai vues en arrivant ; que
j'ai vues en apprenant à lire ; que j'ai vues en de-
venant grand garçon ; que jai vues quand je me
suis vanté d'être un homme ; que j'ai vues quand
j'ai commencé à cesser de l'être ; que je vois
quand il ne me reste que l'apparence humaine ;
que je verrai jusqu'à ce qu'il n'y ait plus d'huile
dans la lampe ; et que verront à jamais ceux
qui prendront la place des pauvres diables qui
n'ont vu que sottises sur cette plaisante terre,
tout en fesant les leurs.........

L'homme fut sot, est sot, et toujours sera sot.

Parbleu, MONSEIGNEUR, attendez, je me sens
en train ; je vais répondre à monsieur Papepipopu le NOIR ou le BLANC. Je vois bien ce que
c'est ; c'est une petite malice que me fait cet
original avec ses deux couleurs ; mais je parie
deviner le mystère. Je vais écrire deux lettres ;

elles partiront dans mon livre. Il y en aura une
pour monsieur Papepipopu le NOIR, et une pour
monsieur Papepipopu le BLANC; et sans doute
j'attraperai mon but en frappant juste à la tête
et au cœur de mon homme, DE QUELQUE COU-
LEUR QU'IL SOIT.

RÉPONSE

De L'Auteur du Livre sans titre,

A Monsieur PAPEPIPOPU le NOIR.

MONSIEUR LE NOIR,

Je vous remercie de la lettre charitable que vous avez
eu la bonté de m'écrire. J'y réponds pour vous rassurer
sur le sort de mes oreilles, et pour vous prier de m'accorder l'honneur de frotter un peu les vôtres.

Vous saurez d'abord que si j'ai l'audace de faire gémir
la presse, c'est que je ne connais pas de meilleur métier
que celui-là, quand on a le nez plus fin que ceux qui
souscrivent pour en avoir les enfans.

Si je publie ma pensée, je vous prie de croire que
je n'ai nulle envie de déclarer la guerre à celles qui ne
font point partie de mon domaine. Je respecte la propriété d'autrui. Quand elle ne vaut rien, je me contente
de rire du mauvais goût du propriétaire ; je gémis sur
la stérilité du sol, ou je me moque du faux éclat du
bijou.

Mais, en riant de tout, je ne blâme personne.

Oui, monsieur Papepipopu, votre pensée vous appar-

tient. Vantez-vous en , si elle est bonne ; défaites-vous en ,
si elle n'a pas le sens commun ; je m'en bats l'œil ; c'est
votre affaire. La mienne est de m'amuser de tout, pour
me consoler de ce qui , en secret , m'arrache souvent des
larmes , et met mon pauvre cœur dans un étau.

Il faut rire souvent de ce qui fait pleurer.

Je peux bien par-ci par-là manifester le vœu de voir
enfin les hommes raisonnables ; mais je ne suis pas assez
imbécile, quoique porteur de belles oreilles que vous me
connaissez, pour me fâcher si mon vœu ne s'accomplit
pas. Il faudrait avoir une provision de fâcherie à ne
jamais finir. Cependant, quoique vivant dans une pleine
et entière nullité , il me reste un petit instinct que je
ne crois pas tout à fait si bête.

Il me semble qu'on doit admirer et défendre avec
ongle et bec la chose qui , après être née , est pour nous
le vrai salut, quelque peine qu'elle ait eue à paraître sur
l'horizon , quand cette chose s'appelle LOI en bon français.
Cependant je laisse à qui de droit la faculté de laver
in petto la tête à ceux qui la firent, s'il était bien clai-
rement nécessaire et possible d'en faire une meilleure,
ce qui me paraîtrait très-fort pour les circonstances.

On dira ce qu'on voudra ; quelque *noir* qu'on soit,
on ne détruira point une vérité positive...... C'est que
pour être libre, il faut être esclave de la loi, ou bientôt on le devient de quelque original qui se fait admirer,
qui vous grimpe dessus pendant qu'on l'admire, et s'y
tient tant qu'il peut. Il n'y a pas long-temps que nous
l'avons vu, et nous nous en souviendrons, je l'espère.

Voilà une petite partie de ma pensée, monsieur Papepipopu le NOIR, et c'est d'elle que découlent mes autres imaginations de toutes les espèces.

Entre nous, soyons de bonne foi, et que nos oreilles
ne nous empêchent pas de nous entendre ; n'est-il pas
temps enfin de savoir ce que nous voulons ? Un moulin
peut-il toujours tourner sans finir par user son corps et
ses ailes ?

On finit par tomber, quand on tourne toujours.

Par exemple, tout *noir* que vous êtes, voudriez-vous
par hasard qu'on brouillât encore les cartes ? Que diable
gagnerions-nous à ce jeu où nous avons déjà perdu tout
notre argent, et presque mis notre honneur en gage ?

Je sais bien que nous avons fait des tours de force
admirables ; que nous avons allumé des feux éclatans
qui ne s'éteindront pas à volonté, malgré tous les éteignoirs qu'on a fabriqués, qu'on fabrique, et qu'on ne
manquera pas de fabriquer encore, et malgré tous les
conservateurs du monde............ Mais on ne peut pas
toujours jouer à qui perd gagne, toujours boxer et toujours mettre le feu partout. Il faut enfin respirer en
paix, après avoir perdu cent fois haleine,

Ou l'on risque ma foi de ne plus la trouver.

Dans les premiers jours de notre équipée, qui furent
des jours de gloire et de justice, et qui firent tant de
bruit dans le monde, en un tour de main nous mettons
sens dessus dessous l'un des plus vastes donjons de
l'univers, malgré son immense ciment, ses grosses pier-
res de taille et sa charpente de fer ; nous chantons et
dansons comme des fous sur ses immenses débris, et
nous eûmes raison ; car

La raison triompha des antiques erreurs.

Nous en bâtissons un autre plus à la moderne, dont
les fondemens sont faits sur un dessin qui nous paraît

magnifique ; auquel , au milieu de la plus belle illumi‐
nation qu'on puisse voir , des hommes qui n'étaient plus
des enfans avaient sagement travaillé ; et crac....... en
un tour de main nous le jetons à bas avec les archi‐
tectes et les maçons ,

Et nous chantons en cœur..... Vive la liberté !

Nous en élevons un autre que nous croyons bien plus
admirable , ma foi..... Va te promener ; il nous déplaît
aussitôt ,

Et nous chantons encore.... Vive l'égalité !

Mais pour le faire disparaître plus lestement , nous fe‐
sons venir de la montagne des ours , des serpens et des
tigres pour nous aider à ne pas laisser pierre sur pierre.
Nous nous donnons ensuite , pour passer le temps , le
plaisir de faire battre entr'eux ces nouveaux architectes
d'épouvantable espèce , et nous finissons par les envoyer
à Béelzébut qui nous en avait fait cadeau ;

Mais nous chantons bien fort... Mourir pour la patrie !

Quand ceux‐là sont partis , nous mettons la main à
un autre château , pour avoir le plaisir de le détruire
encore , afin d'en avoir un qui nous plaise à jamais......
Mais , baste , ce n'est pas non plus ce qu'il nous faut ,
et nous disons

Vivre libre ou mourir !..... Voilà notre devise.

Un beau matin , un certain citoyen , qu'on nous assure
venir de *bonne part* , se présente sans façon , et nous
donne le plan d'une maison admirable dans laquelle il prend
avec un air très‐cavalier le plus bel appartement. Il fait
si bien son compte , qu'il nous jette à chacun une poi‐
gnée de poudre aux yeux , pour nous empêcher de voir

que tous nos maçons meurent à la peine, et que nous prenons, pour solidité de manoir, les brillantes couleurs dont il le décore, QUOIQU'UN PEU TROP ROUGES.....

Et nous ne chantons plus.... VIVE LA LIBERTÉ!

N'est-il pas vrai, monsieur le NOIR, que voilà la vérité la plus vraie qui ait jamais été dite dans ce bel univers? Eh! bien, croyez-vous qu'on parvienne à se bien loger, quand on a le goût de détruire sa maison aussitôt qu'elle est bâtie? Quel diable de plaisir y a-t-il à se trouver à chaque instant dans la rue, et à coucher à la belle étoile? N'est-il pas temps enfin de se caser une bonne fois pour toutes, et de s'amuser ensuite à *décorer son appartement?*

Est-ce que vous ne seriez pas content par hasard de l'édifice que vous possédez aujourd'hui? vous seriez diablement difficile, puisqu'au dire de tous les connaisseurs de bonne foi, vous avez tout juste celui que vous demandiez il y a trente ans, et qu'on aurait bien fait de vous donner la première fois que vous fîtes entendre vos cris; il ne vous aurait pas coûté si cher, ni à ceux qui furent assez sots pour ne pas en vouloir......

Enfin le voilà sur ses pieds; et je veux être pendu si jamais, quand tout sera fini, vous en trouvez un qui convienne mieux à votre caractère et aux goûts que je vous connais. Ne vous en déplaise, à vous, monsieur le NOIR, et à tous ceux qui sont de votre couleur ou d'une autre,

Vous êtes un peu fous, et le serez toujours.

Entrons ensemble dans l'édifice; parcourons les appartemens sans prévention, et avec la ferme volonté de trouver bon ce qui n'est pas mauvais; d'admirer ce qu est vraiment beau, et de ne point exagérer les défauts que nous croirons apercevoir en passant.

Lisons d'abord cette inscription qui frappe la vue.

LE ROI VOUS LE DONNA, SACHEZ LE CONSERVER.

Que dites - vous de cette façade ? c'est cela qui promet. Quelles belles proportions dans les détails ! quelle noblesse dans l'ensemble ! Qui ne devine en voyant cet édifice que c'est là la véritable demeure de l'une des plus nombreuses, des plus riches, des plus respectables et des plus aimables familles de l'univers, quand elle veut l'être ?

Voyez avec quelle adresse l'architecte a su mêler avec le goût nouveau ce que l'ancien avait de plus utile et de plus imposant. Mais voyez-vous aussi comme le goût nouveau domine dans la distribution des croisées, avec quelle facilité la lumière y pénètre de toutes parts.

Si l'on ouvre les yeux, partout on y voit clair.

N'admirez-vous pas avec moi tous ces bustes qui vous offrent les traits des plus grands hommes de tous les genres, qui ont concouru par leur génie et par leur courage au plan sur lequel l'édifice est bâti ? Il me semble les voir, à mesure qu'ils se succèdent avec les siècles, donner un coup de crayon ineffaçable, et que je vois ceux du dernier et du nôtre y joindre leurs loyales observations et leurs coups de crayon aussi.

Le mot de liberté se retrouve partout.

Mais ce qui doit singulièrement nous frapper, c'est l'art avec lequel notre dernier architecte a su saisir ce qui était bon dans tous les coups de crayon avec lequel il trace ses lignes, déploie ses surfaces isolées pour

en faire un tout qui doit plaire à tous les bons yeux.
VIVE NOTRE ARCHITECTE ! *Qu'il se hâte de nous fournir*
les instrumens nécessaires à la solidité, à l'entretien,
à la conservation et au parfait embellissement de son
édifice, je réponds que la faux du temps se brisera
sur ses murailles, que dans tout l'univers ses copies se
multiplieront à l'infini.......

Et la France sera le modèle du monde.

Entrons. Est-il joli le vestibule, et qu'en dites-vous ?
Voyez d'abord cette statue DE LA RELIGION, dont la figure divine vous pénètre de respect, dont le vêtement
simple et modeste vous apprend que son éclat véritable
ne vient pas des broderies scandaleuses dont on osa la
décorer trop souvent, mais des seules vertus

Dont elle se compose, et qu'elle nous inspire.

Voyez à ses côtés ce ministre vénérable avec ses or-
nemens dégagés de tout faste, donnant, les yeux fermés,
au pauvre qui baise l'une de ses mains, l'or qu'il reçoit
de l'autre, et ne se réservant pour lui qu'un peu de
monnaie de cuivre..... On croit voir dans ses yeux qu'il
dit en lui-même....

On ne sert bien son dieu qu'en servant bien les hommes.

Que dites-vous à présent de cette statue qui représente la VALEUR, et de cette foule d'enfans tout nus
qu'elle prend indistinctement dans un groupe composé
de figures qui représentent aussi les grands, les petits,
les riches et les pauvres dont se forme la famille ? Elle
ne choisit pas, parce que la valeur se trouve partout
chez nous, comme nous venons de le prouver joliment
à tous ceux qui en ont voulu tâter........ Mais avec
quelle majesté elle tient ce faisceau de laurier; et voyez

avec quelle avidité ils ont tous l'air de vouloir en attraper une branche.

Tout français eut le droit d'aspirer à la gloire.

Admirons aussi ces deux statues qui se tiennent em-
brassées, dont l'une représente LE GÉNIE DES ARTS, et
l'autre celui du COMMERCE........ Admirez avec quelle
adresse le sculpteur les a unies par les contours grâcieux
de cette corne d'abondance que la vertu semble tenir
suspendue. Comptez, si vous le pouvez, l'or, les fruits
et les fleurs qui en découlent ; je vous en défie.

Le commerce et les arts font la force des peuples.

Croyez-vous, monsieur Papepipopu le NOIR, que lorsqu'on entre dans un édifice qui offre à l'œil quatre chefs-
d'œuvre de ce genre, on fasse une sottise d'en concevoir la plus brillante idée ? Que penseriez-vous avec
tout votre esprit, si vous en avez, de celui qui dirait,

Détruire tout cela, c'est servir la patrie.

Ne serait-il pas un fou digne d'aller rendre son esprit
dans le local

Où l'on renferme ceux qui viennent de le perdre ?

Montons à présent l'escalier. Vous conviendrez qu'on
y monte avec une facilité charmante, et qu'on peut
aboutir de même aux premiers appartemens. Ils sont,
comme vous le voyez, ouverts à tous ceux qui ont
l'adresse de s'y montrer en état de les occuper *sans les
salir*, comme on fesait très-souvent autrefois dans les
plus belles pièces du vieux donjon, sur les ruines duquel on a bâti celui-ci.

Aussi y voyez-vous aujourd'hui des gens qui n'auraient
jadis occupé que des greniers, mais qui, en servant bien

la grande famille dans plusieurs genres de service, ont été logés là, et qui y font une bien plus jolie figure que certains personnages qui n'ont d'autres droits pour y monter que les titres de leurs aïeux ; car très-souvent

Le fils n'hérite pas des vertus de son père ;

et cela se voit depuis le commencement du monde.

Mais voici ce qu'il y aura de bon dans ce nouveau bâtiment, c'est qu'on nous assure qu'on y verra des milliers de flambeaux qui brûleront toujours, et qui auront la vertu de faire voir les hommes tels qu'ils seront ; d'indiquer toutes les réparations urgentes ; de rendre la vue aux aveugles ; de fondre par leur chaleur les masques de toutes les fabriques, de sorte que les FOURRIERS GÉNÉRAUX ne donneront aux gens que les logemens qui leur conviendront tout juste ; et que, s'ils se trompent avec intention ou autrement, ON LES VERRA FAIRE, et zest... en un tour de main, ils délogeront eux-mêmes avec leur séquelle ; ce qui est vraiment l'invention la plus drôle du monde.

Les ministres enfin seront soumis aux lois.

Enfin, monsieur le NOIR, regardez ces grands corridors qui conduisent à des millions de chambres plus commodes les unes que les autres ; admirez en même-temps comme tout s'y trouve pour occuper les gens de toutes sortes, au plus grand avantage de chacun. Tout ce qui peut encourager les sciences et les arts, le commerce et l'industrie, s'y fait remarquer en abondance et sans confusion ; et, pour embellir cet ensemble majestueux, on y voit ce qui donne la force à la morale en la développant ; ce qui rappelle l'idée d'un dieu qu'il faut adorer ; ce qui retrace les devoirs des hommes entr'eux et envers celui qui , clef sacrée de la voûte , en garantit , sous sa couronne antique , la gloire et la durée ;

Bourbons et liberté , c'est le cri des français.

Les différens étages de l'édifice ne font rien à l'affaire. Chacun , indépendant de tous , ne dépend que du contrat général et des articles qui le consolident en l'expliquant, et auxquels il a le droit de concourir. Chacun connaît ses devoirs ; chacun travaille ; chacun monte à proportion de ce qu'il sait faire, ou descend à proportion de son insuffisance...... Et, jarni, que vouliez-vous il y a trente ans, et que voulez-vous encore aujourd'hui ?

N'avez-vous pas le prix de vos nobles efforts ?

Voulez-vous que je vous parle franchement, monsieur Papepipopu le NOIR, et tous les NOIRS du monde, vous êtes des diables à la guerre , mais vous n'entendez rien aux affaires ; quand vous vous en mêlez vous-même , vous gâtez toute la besogne. Vous avez de l'esprit à faire trembler , vous avez les plus belles idées du monde ; mais quelquefois vous n'avez pas plus de sens commun que des papillons. Vous brillez et voltigez comme eux ; comme eux vous courez toutes les fleurs.... et, morbleu, arrêtez-vous donc, une bonne fois pour toutes , sur celle dont la blancheur et l'antique élévation font plus vivement ressortir les nuances charmantes qui vous décorent. En vérité , je vous le dis, et vous pouvez m'en croire,

Les lis embelliront le sol des hommes libres.

Je n'ai plus rien à dire à monsieur Papepipopu le NOIR. Je désire de tout mon cœur que ses oreilles ne l'empêchent pas d'entendre. Je lui souhaite assez d'intelligence pour me comprendre, assez de bonne foi pour

convenir

convenir de la vérité que je lui dis ; assez de prudence, pour en faire son profit, assez de courage pour la défendre ;

Et, s'il sait admirer ce que le sage admire,

je promets de ne jamais l'accuser d'avoir d'aussi belles oreilles que

L'Auteur du Livre sans titre.

Petit Bavardage.

Eh ! bien, MONSEIGNEUR, votre INCOMPRÉHENSIBILITÉ est-elle contente de ma réponse à monsieur Papepipopu le NOIR ? ai-je saisi le but auquel, dans le fond, malgré vos extravagances, vous voulez atteindre ? du moins y ai-je mis la meilleure foi du monde, et n'ai-je voulu parler que dans vos véritables intérêts.

Il ne s'agit pas de se vanter qu'on aime sa patrie ; il faut savoir distinguer ce qui peut réellement faire son bonheur, et ne pas croire qu'on y voit toujours bien clair dans le choix des moyens que l'on cherche pour y parvenir. Le cœur s'égare aussi facilement que la tête ; et nous avons tant de gens qui se sont chargés de tendre des piéges à l'un et à l'autre, qu'il faut toujours craindre d'y tomber, même quand on s'en croit à mille lieues.

6

La diversité des opinions soulève partout tant
de nuages; la tournure de certaines têtes fait
enfanter de si sots projets; les vieilles idées ré-
pandent tant de ténèbres sur les nouvelles, et
les nouvelles sont encore parfois si embrouillées,
que tout cela vous tiraille en tout sens, et vous
fait perdre de vue le point où il faut s'arrêter
tout juste, pour ne pas aller se perdre dans un
dédale d'où l'on ne sort plus qu'avec les étri-
vières.

Il y a terme à tout; il en faut aux querelles
générales comme aux disputes particulières. Il
ne faut pas croire que le mieux puisse se trouver
dans le sein du mal, et que ce qui a l'apparence
de ce bien lui-même soit toujours la plus belle
des choses. Quand la raison doit être satisfaite,
il faut qu'elle se contente de ce qu'elle possède....
sans cela, les passions de toutes les espèces fi-
nissent par s'en moquer, si elle affecte trop
d'ambition; parce que malheureusement ces dia-
blesses qui s'entendent à merveille, et qui ont
une malice d'enfer, ont aussi des ruses qui savent engourdir cette pauvre raison, et de bons
fouets qui la fustigent d'importance, malgré tout
son bel étalage;

Et nous en avons fait la rude expérience.

Ainsi donc, Monseigneur, faites-moi le plaisir
de communiquer à vos véritables amis la copie

de la lettre que j'écris en réponse à monsieur Papepipopu le NOIR, et d'y ajouter les observations importantes que ne manqueront point de vous fournir en abondance votre sagesse et votre bavardage ordinaire.

Vous en trouverez beaucoup de ces bons et loyaux amis, qui se moqueront de moi comme ils se moquent de vous-même; mais c'est égal; je m'appuierai, selon mon usage, sur mon cœur qui vaut mieux que ma tête; et je parie le montant de la souscription avec votre INCOMPRÉHENSIBILITÉ, qu'il me dira ce qu'il m'a toujours dit........

> *Ris de tout, imbécile,*
> *Fais le bien que je t'indiquerai.*
> *Que t'importent tant d'hommes avec leurs masques?*
> *En posassent-ils mille sur ta figure,*
> *Je te reconnaîtrai toujours.*

Quand on a un cœur qui vous parle ainsi, MONSEIGNEUR,

On brave avec fierté les sots et les méchans,

de quelque couleur qu'ils soient.

Qui n'aime pas la charte est un sot en trois lettres.

Je vais faire ma réponse à monsieur Papepipopu le BLANC...... Je prendrai la liberté de vous en envoyer un duplicata.

RÉPONSE

A M. Papepipopu le BLANC.

MONSIEUR LE BLANC,

En prenant la plume pour me donner l'honneur de vous écrire, je dépose humblement ma casquette, et fais un gros paquet de mes respects les plus vigoureux, pour vous les envoyer sous la même enveloppe que je décore d'un large cachet. Il ne portera pas à la vérité des armoiries, mais seulement et très-modestement la lettre initiale du nom d'un bon homme qui aime à rendre justice à tout le monde, et qui gémit autant qu'on ne vous la rende pas pleine et entière, que des illusions qui troublent votre vue, et se jouent encore de votre pauvre petit cœur.

Etes-vous noble, monsieur Papepipopu le BLANC? je vous en fais mon compliment, si votre esprit et surtout votre cœur ne donnent pas un démenti formel à vos parchemins, vieux ou neufs.

. La noblesse est au cœur, et non dans des chiffons.

Etes-vous roturier ou VILAIN, comme on disait autrefois? Vous êtes un imbécile de crier quand on ne vous écorche pas, et que vous gagnez tout sans faire tort à personne.

Gémir de son bonheur est chose fort plaisante.

Qui que vous soyez, *gentilhomme* ou *homme tout court*, lisez; si vous vous fâchez, c'est que vous serez forcé de reconnaître que j'ai dit la vérité que vous enragez d'entendre.

De quoi s'agit-il enfin ? d'avilir la noblesse ? vous n'y êtes pas. On ne peut avilir ce qui fut reconnu , dans tous les temps et chez presque tous les peuples civilisés , pour être la récompense légitime des plus grandes vertus. Qui le tenterait ne serait qu'un sot. La noblesse est dans le for intérieur de l'homme lui - même ; le parchemin ne fait qu'indiquer cet homme-là. C'est ce qui fait qu'il y a beaucoup de gens qui ne croient pas qu'elle soit toujours dans le cœur de ceux qui ont de ces parchemins dans la poche , et qui ont la rage de les montrer à tout le monde.

Pour prouver qu'on est noble , il ne faut pas le dire.

Dans un temps où la vertu était rare , parce qu'on ne savait pas lire , et parce qu'on ne savait que piller et tuer à merveille , quelques bonnes gens , car il y en a partout, même parmi les barbares , sentirent cependant qu'elle pouvait être utile à quelque chose. Pour qu'on reconnût avec certaine facilité ceux qu'on croyait en avoir , et pour encourager ceux qui n'en avaient pas du tout à en faire quelque petite provision , on imagina de leur donner un certificat, comme on en donne encore aujourd'hui pour constater qu'un homme n'est pas un fripon, qu'il le soit ou ne le soit pas ; car, assez généralement dans ces sortes d'affaires, le plus fin est assez sujet à se tromper.

On s'égare souvent , quand on juge les hommes.

Quoi qu'il en soit, le but était excellent. Il s'agissait d'opposer à l'ambition de tous un corps fortement intéressé à réprimer ses fureurs.....

A la lâcheté du plus grand nombre un exemple imposant de valeur, et qui fût toujours, pour ainsi dire, en activité.....

Aux vices qui rongent les pauvres humains, les vertus qui les honorent, qui sont le véritable ornement de leur vie, et la seule source de leur bonheur....

A ceux qui sont toujours prêts, par caprice, par tempérament ou par intérêt, à outrager les lois, de vaillans compères toujours disposés à les bien défendre....

A des sujets infidèles, des hommes fiers de mourir pour leurs princes et pour leur patrie, et qui se contenteraient de cet honneur-là qui en vaut bien un autre...

A des hommes qui n'étaient point tentés de travailler jour et nuit pour la gloire commune, des héros de tous les genres qui avaient la rage de lui consacrer leurs vies.

Bref, la création de la noblesse, dans les siècles barbares, fut vraiment une espèce de chef-d'œuvre de politique et de sagesse, parce qu'on supposa sans doute qu'il n'y aurait que des nobles par principes, braves sans férocité, fiers sans orgueil, riches sans avarice, galans sans débauche, et surtout sachant lire et écrire assez passablement ;

Ce qui fut autrefois le plus beau des miracles.

Mais le diable qui fourre son nez partout, voulut tourner à son profit ce qui précisément le fesait enrager ; et le voilà qui jette son maudit venin à droite et à gauche, et qui fait si adroitement son compte, qu'il substitue aux plus belles affections de l'âme ce qui devait tôt ou tard les faire disparaître ; voilà enfin que l'orgueil, l'égoïsme, la corruption et la férocité avec leurs accessoires, prennent leur place en un tour de main,

Et furent en tout temps les fléaux de la terre.

Pardon, monsieur Papepipopu le BLANC, si je parle ainsi ; mais ce n'est pas un conte que je vous fais. Prenez l'histoire, si vous savez lire ; vous verrez si je mens.

Ce n'est pas le tout qu'une institution soit bonne pour un temps, et en elle-même; il faut qu'elle le soit pour tous dans un état qui veut vivre longuement et en bonne santé. Il faut qu'elle puisse se prêter aux modifications qu'indiquent ensemble l'expérience et les progrès insensibles des connaissances humaines; car enfin tout se perfectionne dans le monde. Pourquoi ne voudriez-vous pas que l'art de gouverner, de saisir le véritable bonheur et la véritable gloire de tous, eût ses progrès et ses grands développemens comme les sciences, les arts, et toutes les sortes d'industrie ?

Un empire a d'abord son enfance, ses caprices, ses boutades, ses erreurs, ses gentillesses, ses brutalités.... puis après, son âge adulte, sa force, sa souplesse, ses grands crimes, ses illustres vertus...... puis après, son âge avancé, sa décrépitude et ce qui s'ensuit. Mais, quand il arrive à cette dernière époque, il lui reste au moins le droit de tirer parti de son expérience ; de voir, à moins qu'il ne soit aveugle ou fou, qu'il peut rajeunir et reparaître sur l'horizon, frais, gaillard et bien portant....... et voilà précisément notre affaire aujourd'hui.

Mais, en vérité, il y a des gens qui ont la rage de rester toujours vieux, et voilà le mal, de par tous les diables. Eh ! morbleu, monsieur Papepipopu le BLANC, quand tout reprend les roses de la jeunesse autour de vous, pourquoi vous obstiner à garder vos rides et vos cheveux blancs ? Allons, allons, acceptez au moins, de bonne grâce, les jolies perruques qu'on vous donne de tous les côtés, pour faire disparaître les unes et les autres ;

Et vous serez, ma foi, le plus beau des humains.

Allons au fait, et parlons sans nous fâcher. Est-ce
que la noblesse est de tout posséder sur la terre ? non
sans doute. Elle consiste au contraire dans le courage
de se passer de tout, s'il le faut, excepté des vertus.
Cette noblesse-là ne s'achète pas, et ne peut se voler.
Elle ne fit jamais répandre que des larmes de reconnaissance et de joie, parce que le génie, un cœur droit et
l'épée ne font que des prouesses utiles à tout le monde.

A coup sûr vous ne voudriez pas que cette noblesse
vînt de l'or que renferme votre coffre-fort ; car alors
votre coffre-fort aurait été noble avant vous ; et tout
vil usurier serait noble aussi à vingt quartiers, après
avoir mis en mille la fortune des autres.

La noblesse d'argent prouve qu'on n'est pas noble.

Est-ce que, par hasard, vous penseriez que ce fameux
droit du seigneur donnait une grande importance à ceux
qui en jouissaient ? Vous vous tromperiez lourdement ;
car, en le fesant valoir, ils prenaient tout juste le caractère de vils suborneurs qui, ne pouvant réussir par
leur propre mérite, invoquaient la force pour commettre
le plus lâche des crimes, pour offrir au public l'exemple de la plus infâme débauche, pour donner la mesure
de la barbarie du siècle où cet infâme droit fut établi,
de l'insolente audace de ceux qui se l'étaient arrogé,
de la bassesse, de l'ineptie et de la dégradation com-
plette de ceux qui l'avaient reconnu.

Je sais bien que depuis quelque temps le fait n'existait pas ; mais le droit y était encore ; et c'était comme
un fer chaud appliqué sur le front de l'humanité entière
indignement flétrie par lui ;

Car le droit du seigneur fut le droit des brigands.

Auriez-vous aussi voulu que tous les honneurs, toutes les places et toutes les sortes d'impunités revinssent à ces messieurs, avec tous les accessoires qui ne les quittaient pas autrefois? Mais tout cela, monsieur Papepipopu le BLANC, ne fesait pas la noblesse, puisque tant de gens, qui n'avaient rien de véritablement noble, en jouissaient sans façon.

Est-ce que vous n'avez jamais vu des hommes sans honneur recevoir des honneurs à foison? des hommes indignes couverts de dignités, des hommes condamnés par leur conscience et par l'opinion publique, braver insolemment les lois, et se donner, avec un beau parchemin dans la poche, les airs des plus honnêtes gens de la terre? Si ces messieurs-là étaient nobles, n'était-ce pas le cas de brûler tous les blasons de l'univers?

Sans courage et vertus la noblesse n'est rien.

Je vois bien ce qui tient au cœur de ceux-ci, et ce qui tient au cœur de ceux-là.

Ceux-ci, à petite tête et à grand vent, enragent de ce qu'en les voyant passer dans la rue, on ne se casse plus le nez contre le pavé, en se courbant devant leur HAUTEUR............. Et bien, qu'ils montent sur des échasses de trente pieds de haut, puisqu'ils aiment à voir les têtes se courber à leur sublime aspect. Pour les mieux admirer les têtes se courberont en arrière, et, pendant cette salutation d'une nouvelle espèce, on pourra leur dire à haute voix.... ah! *monsieur, que vous êtes grand avec les échasses de monsieur votre grand père!* et l'on pourra dire tout bas.... ah! mon Dieu!

Comme il serait petit, s'il n'avait pas d'échasses!

Ceux-là craignent qu'on oublie les noms justement

célèbres qu'ils portent et qu'ils sont dignes de porter...
Mais non , je les offense. Honneur aux vrais gentilshommes qui ne dûrent point leurs lettres de noblesse
aux horreurs de la barbarie , aux dévastations sanglantes
des guerres civiles, à la prostitution , trop souvent l'heureuse protectrice de l'orgueil ; aux souplesses de l'in-
trigue , ordinaire spoliatrice de la vertu ; à l'argent que
le pauvre réclame , et dont le voleur sait quelquefois
se servir à merveille , pour donner à son vol l'air d'une
bonne action. Les noms augustes de leurs pères ne seront jamais oubliés , si ceux qui en sont aujourd'hui
décorés savent en conserver l'antique pureté.

Si les fastes de l'histoire et nos archives les consacrèrent, ces noms illustres, c'est que la patrie reconnaît
avec respect qu'elle leur doit sa création, sa valeur ,
son affermissement et une partie de son éclat immortel ,
et qu'elle en attend encore les plus brillans services ,
à peu près dans le genre de ceux qui marchèrent, de
nos jours, sur leurs traces, et qui jouissent aujourd'hui
des mêmes honneurs , en ayant un droit égal à notre
reconnaissance. Leur noblesse plane au-dessus de tous
les décrets du monde , comme au-dessus de tous les verbiages des grands et petits enfans, de quelque couleur
qu'ils soient, parce qu'elle se retrouve intacte dans leurs
âmes, et qu'elle est gravée dans les cœurs de tous les
bons français , aussi profondément que dans celui des
Bourbons. Que Dieu nous conserve les uns et les autres ;
que tous s'entendent bien avec le reste de la famille ,
pour la défense de la liberté publique , du trône de la
France et de l'honneur national, et ça ira.... j'en jure
par l'épée du BÉARNAIS.....

Ce nom, ventre-saint-gris , donne du cœur à tous.

Voilà ma façon de penser, monsieur Papepipopu le BLANC; ainsi vous devez voir que je n'ai rien à craindre pour mes oreilles, et que si vous ne pensiez pas comme moi, malgré votre BLANCHEUR que je crois un peu *fade*, les vôtres pourraient devenir plus grandes que les miennes, si elles ne le sont déjà; ce qui serait vraiment monstrueux.

Ou noble ou roturier, profitez de ma leçon.

Si NOBLE..... prouvez par vos vertus, par votre épée, par vos talens et par votre amour pour la liberté de la patrie, que vous n'avez pas escamoté ce titre comme tant d'autres.

Si ROTURIER..... prouvez par les mêmes moyens que si vous n'avez pas des parchemins, vous avez la tête et le cœur qui font les véritables nobles.

En qualité de l'un ou en qualité de l'autre, faites des vœux pour que tout le monde soit content; pour que tout le monde soit sage; pour que la gloire de nos guerriers ne soit point perdue; pour que le trône français soit inébranlable sur les fondemens que la liberté posa de ses mains triomphantes, quoi qu'en disent les sournois qui n'aiment pas les triomphes de ce genre, et pour qu'on paie à la noblesse antique et à la noblesse qui vient de naître, dans une forêt de lauriers, le tribut qui leur appartient de droit, sans oublier ces braves éparpillés sur notre territoire,

Qui ne marchent jamais sans palmes à la main.

Que vous dirai-je de plus, monsieur Papepipopu le BLANC ou Papepipopu le NOIR? ma foi, je n'en sais rien. Je crois que c'est assez de deux réponses pour une lettre. C'est n'être pas en reste avec vous; ne le soyez pas envers votre patrie. J'aurai le prix de la peine que j'ai prise à vous écrire, et, dussé-je y perdre mes belles oreilles, j'aurai pour les vôtres le plus profond respect.

Comptez sur celui qui se dit en rougissant

L'Auteur du Livre sans titre.

J'ai dit la vérité : profite qui voudra.

Petit Bavardage.

Je ne sais si je m'y suis bien pris dans mes deux réponses à monsieur Papepipopu NOIR ou BLANC. Je crois cependant que je lui ai dit quelques vérités dont je vous conseille, en passant, MONSEIGNEUR, de faire votre profit vous-même, si vous voulez vivre enfin heureux, tranquille, et gagner de l'argent.

Voulez-vous m'en croire, MONSEIGNEUR, on a dit que le temps était un grand maître...... eh ! bien, laissez-le faire ; il arrangera tout à merveille. Voyez comme il vous a fait trouver tant de drôles de choses auxquelles on ne pensait pas il y a mille ans. Admirez cette plaisante manufacture de livres, qui vous en fabrique un si grand nombre à la fois ; qui empêche si

drôlement que rien de ce que l'on pense, de ce
que l'on fait, de ce que l'on écrit, ne s'oublie, et
qui donne tant de facilité aux sots (à moi par
exemple) pour vous ennuyer ; aux fripons, pour
vous tromper ; aux *conservateurs*, pour détruire,
s'ils le peuvent, ce qu'ils ont l'air de vouloir défendre ; aux charlatans, pour attraper votre or ;
aux menteurs, pour vous éblouir, et au petit
nombre de gens d'esprit, pour vous éclairer.....
Et bien, cette fabrique merveilleuse va son train,
et ira long-temps de même, malgré ceux qui
trouvent que la plus belle chose du monde est
de ne savoir ni lire ni écrire, et de croire tout
bonnement que l'ineptie est le souverain bien
sur la terre.

Au talent d'imprimer la raison doit la vie.

Il y avait diablement long-temps qu'elle dormait avant lui ; et s'il n'eût enfin paru, c'était
fini,

Les tyrans et les sots avaient seuls de l'esprit,

à PERPÉTUITÉ........

Tenez, MONSEIGNEUR, voyez aussi vos manoirs
réunis en bloc. Jettez vos regards sur ces vieilles baraques, qui sont encore debout pour servir d'hôtels aux araignées, aux souris et aux
puces, sans compter les autres bêtes qui y font
leurs embarras. Admirez comme on les change

tous les jours en petits palais noblement babités par des bourgeois qui, il y a cinquante ans, ne se connaissaient qu'en greniers. Admirez aussi tant d'autres choses encore dans les sciences, dans la littérature, dans les arts, qui multiplient à l'infini les jouissances de la raison, du génie, de l'esprit, du cœur et de tous les sens; et votre INCOMPRÉHENSIBILITÉ conviendra, eût-elle la tête aussi dure que du fer, que CE QUI EST NEUF POURRAIT BIEN VALOIR UN PEU PLUS QUE CE QUI EST USÉ..............

Sur les ailes du temps la vérité s'avance,

bien lentement sans doute, quoiqu'on dise que le temps va vite. Elle est enfin arrivée EN PLEIN JOUR, aux cris de la victoire; elle ne partira pas, MONSEIGNEUR,

Si chaque cœur français est pour elle un autel.

———

~~~~~~~~~~~~~~~~~~~

IV.ᵉ LIVRAISON.

~~~~~~~~~~~~~~~~~~~

LIVRE

SANS TITRE, SANS PLAN, SANS SUJET ET SANS FIN ; etc. etc. (*)

Ma foi, MONSEIGNEUR , vous n'aurez aujourd'hui ni fragment d'épître dédicatoire , ni bavardage , ni lettre , ni conte , ni histoire ; c'est un SOUPER dont je vais vous régaler. Je désire qu'il soit de votre goût ; je vous l'offre de bon cœur ; daignez l'accepter avec plaisir.

SOUPER DE FAMILLE.

J'assistai hier à ce souper comme simple témoin.

Pour un mauvais auteur c'est assez d'un repas.

(*) Cet Ouvrage de 4 à 5oo pages paraîtra par livraisons. Le prix de la souscription est 5 fr. franc de port.

ON SOUSCRIT , A TOULOUSE ,

Chez Gallon-Fatou , Libraire , rue Saint-Rome ;

Meisonnier, Marchand de Musique, au Mont-Vésuve, rue Saint-Rome ;

Benichet Cadet, Imprimeur-Libraire, rue de la Pomme, n.° 28.

7

Quoique invité, je refusai de me mettre à table.
Je ne voulus point avoir de regret le lendemain
à la même heure; il m'aurait d'ailleurs empêché
de rire, comme à mon ordinaire, de ceux qui
en font quatre par jour aux dépens de ceux
qui n'en font qu'un par semaine.

L'Amphitrion était un certain monsieur LIBER-
FRAN, qui aurait été le plus honnête homme du
monde, s'il n'eût pas eu l'épouvantable vice
d'être fier de la valeur française, des lumières
de sa patrie, et de ne rêver que liberté du
genre humain. Je suis fâché de le dire : c'était
un *libéral* en principes, *mais qui ne l'avait
jamais été en sermens.*

Il y avait à table madame LIBERFRAN, bonne
femme, grande connaisseuse en politique, très-
respectueuse envers les sorciers, devenue dévote
par esprit de contradiction, ennemie de ce qui
était neuf, parce qu'elle était vieille, et raffolant
des *contes de ma grand'mère*, et du tabac.....

Monsieur LIBERFRAN fils, à tête romaine du
temps passé, à cœur français du temps présent,
républicain par système, mais libéral par raison...

Mademoiselle COCOTE LIBERFRAN, très-agaçante
demoiselle; avec son visage de Vénus, sa taille
de nymphe, et son cœur d'Amazone, ne rêvant
que pyramides égyptiennes, lauriers d'Austerlitz,
Kremlin moscovite, en extase devant l'oiseau

de Jupiter , et ne connaissant pas de plus joli joujou que la foudre qu'il portait jadis.

Monsieur de BALLONVILLE , grand et vieux ami de la maison. C'était le meilleur enfant du monde , qui avait un excellent appétit , et soif à l'avenant ; mais il avait sa marotte comme un autre , toujours en contemplation respectueuse aux pieds des chevaliers de la table ronde dont il croyait noblement posséder les portraits. Il ne marchait jamais sans avoir dans sa poche quelques feuilles de l'ancienne gazette de France , son arbre généalogique à deux branches , et le plus neuf de tous les parchemins. Il n'y avait pas sur la terre de meilleur ami et de plus brave homme.......

Un certain monsieur MINET , à très-petit corps , à très-grosse tête , à doigts très-crochus , à figure très-laide , à très-mince esprit , à très-grande prétention , à très-ardente passion pour mademoiselle Cocote , à très-violent amour pour l'argent. Toutes les opinions triomphantes étaient pour lui les seules légitimes , s'il gagnait quelque chose avec elles.

Moi , comme un sot en ma qualité d'auteur, je me plaçai au coin de la cheminée , admirant le souper qui était vraiment digne d'un appétit de première qualité. Je fus très-content de mon courage à résister à la tentation. C'est depuis

ce souper-là que je me suis donné définitivement le titre de *philosophie*.

On parla d'abord, comme c'est l'usage dans
le beau monde, de *ceci*, et puis ensuite on
raisonna beaucoup sur *cela......* et comme ces
deux sujets inspirent ordinairement de très-
belles idées, la conversation pendant un beau
moment n'eut pas le sens commun ; mais en
revanche les estomacs firent très-ample provision
d'esprit. Cela n'empêcha pas M. Minet de lancer
de tendres regards sur la jolie Cocote qu'il
adorait à cause de sa dot, et qui ne l'adorait
pas du tout à cause de son amour pour un autre,
qui n'était ni aussi sot, ni aussi laid, ni aussi
vieux que M. Minet.

Après qu'on se fut beaucoup amusé à dire
de ces choses dont on ne parle plus quand
elles sont dites, comme de raison, on se mit
à parler *politique*.

Vous savez bien, Monseigneur, qu'il n'est pas
un homme, voire même une femme, qui n'ex-
celle dans cette science, parce qu'il est reconnu
qu'elle est la seule entre toutes qui s'apprenne
sans avoir besoin qu'on en fasse la plus petite
étude. C'est aussi ce qui fait que tout le monde
convient qu'on ne peut raisonner sur le grand
art de faire de bonnes allumettes, parce qu'il
faut connaître à fond cette belle partie de com-

merce, et qu'il n'est pas un homme, soit dans un cabaret, soit dans un café, soit dans un trou de boutique, soit dans un riche magasin, soit dans un grenier, soit dans un beau salon, qui ne soit un publiciste achevé, et le plus profond des diplomates.

M. Liberfran me demanda donc s'il n'y avait rien de nouveau dans les papiers publics. Mais comme je n'en lisais aucun de peur de ne rien savoir après les avoir lus, ce qui m'était mille fois arrivé quand j'avais la rage de les lire, je lui dis que j'avais depuis long-temps renoncé à payer un tribut qui ne figurait pas au budget.

M. DE BALLONVILLE.

Il est cependant, monsieur, des papiers, et même des journaux, qui sont vraiment les trompettes de la raison et de la vérité.

MOI.

Ma foi, monsieur, les unes sonnent souvent trop fort et m'étourdissent, les autres *trop bas*, et je ne peux les entendre.

M. DE BALLONVILLE.

Mais vous lisez le CONSERVATEUR !

MOI.

J'y fus pris d'abord comme un autre ; mais je crus bientôt m'apercevoir qu'il ressemblait à

nos médecins qui, en belles paroles, promettent
de nous guérir, et nous donnent la mort. Vouloir
CONSERVER ce qui est détruit, n'est-ce pas vouloir
détruire ce qui existe ?

Là dessus il me regarda de travers , haussa les épaules ; M. de Liberfranc et M. Minet en firent autant.

Après quoi M. de Ballonville se mit à bavarder sur
ce qui se passe , dit-on , dans un pays voisin des Anti-
podes , où des populations qui avaient depuis quelque
temps un maître tombé des nues qu'elles n'avaient jamais vu , et à qui cependant elles envoyaient leurs espèces en gros et en détail , s'étaient avisées tout bonnement de se rendre maîtresses d'elles-mêmes , et de garder
leurs grands et petits magots dans le pays.....

Et puis après , quand il eut bu un coup , il s'écria
que c'était UN SCANDALE PUBLIC , et que si cela continuait ,
tout le genre humain finirait par se croire le seul maître
de lui-même et de la terre où il se trouvait par hasard.....
ce qui serait par trop ridicule , et blesserait étrangement
tous les usages reçus depuis plus de mille ans , qui font,
comme chacun sait , la gloire et le bonheur du monde.

LIBERFRAN *buvant un coup.*

Pendant la nuit.

M. DE BALLONVILLE *buvant un coup.*

Crois-tu y voir plus clair aujourd'hui ?

LIBERFRAN.

Eh ! que diable , mon ami , laisse faire ces
populations. Il y a bien moins de mal à se

rendre maître de soi-même, et à garder son argent, qu'à égorger son prochain pour lui apprendre à vivre, et pour lui voler son petit avoir.

M. DE LIBERFRAN *prenant du tabac.*

Voulez-vous que je vous dise, messieurs? tous les peuples ne sont que des libertins. Voilà ce que c'est que de leur avoir appris à lire. Voyez les turcs comme ils sont sages. S'ils n'avaient pas leur Mahomet, ils seraient les plus honnêtes gens du monde.

Mlle COCOTE.

Croyez-vous, mon père, qu'avec un *bon oiseau foudroyant* on ne mettrait pas les hommes à la raison ?

LIBERFRAN.

Mademoiselle ma chère fille croit-elle en avoir quand elle ne dira que des sottises ?

LIBERFRAN fils.

Tenez, voulez-vous que je vous parle franchement, M. de Ballonville ? vous n'aurez plus de paix sur la terre que lorsque tout le genre humain se sera constitué en une seule république.

MINET.

Cela ferait un petit état fort joli.

Au mot de république, M. de Ballonville se lève, fait tomber son assiette, casse son verre, et s'écrie : *Je ne trouverai donc toujours que des fous dans cette diable de maison où je trouvai un si touchant asile autrefois, quand je confiai ma vie à l'amitié.*

LIBERFRAN.

La même amitié t'invite, mon cher Ballonville, à prendre vite un autre verre, et à laisser aller les choses où elles voudront ; tu n'arrêteras pas leur course.

M. DE BALLONVILLE.

Elles iront au diable, vieux fou.

LIBERFRAN.

Elles en reviendront, vieux entêté.

M. DE BALLONVILLE.

En bon état, ma foi.

LIBERFRAN.

L'expérience arrangera tout.

M. DE BALLONVILLE.

Belle expérience que celle qui bouleverse les empires, qui confond toutes les conditions, de manière à ce qu'elles ne puissent plus se reconnaître entr'elles !

LIBERFRAN,

Eh ! qu'est-ce que cela fait, si les hommes se reconnaissent bien entr'eux.

M. DE BALLONVILLE.

Le coquin ira toujours son train.

LIBERFRAN.

On l'arrêtera.

M. DE BALLONVILLE.

Le sot se croira toujours un grand homme.

LIBERFRAN.

Il sera le seul, et ne fera plus des dupes de ceux qui lui ressembleront.

M. DE BALLONVILLE.

L'intriguant attrapera toujours ce qui lui fera plaisir.

LIBERFRAN.

Il finira par être attrapé lui-même.

M. DE BALLONVILLE.

Le riche se moquera toujours du pauvre.

LIBERFRAN.

Le pauvre aura le droit de se moquer de lui, et de le lui dire en face, s'il fait l'insolent.

M. DE BALLONVILLE.

Les plus fins auront toujours des bandeaux à distribuer aux imbéciles.

LIBERFRAN.

Heureusement les peuples ont cessé de l'être.

M. DE BALLONVILLE.

Avec le beau système de tes désorganisateurs, leurs belles phrases et leurs sublimes améliorations, tu verras comme tes autorités seront avilies.

LIBERFRAN.

Elles ne pouvaient l'être que lorsque les cœurs s'insurgeaient contr'elles, parce que de véritables lumières, l'auguste raison, et l'exacte justice d'accord avec la dignité des nations civilisées, n'en avaient pas tracé les nobles et rigoureux devoirs.

M. DE BALLONVILLE.

Eh! que deviendra l'autorité royale? ah! ah!

LIBERFRAN.

Elle en sera mille fois plus solide et plus respectée, parce qu'elle sera l'ouvrage de tous les bons esprits et de tous les bons cœurs. Cesse, mon cher Ballonville, de confondre avec les droits du trône les usurpations de l'orgueil, et les antiques prétentions de ceux qui lui firent souvent une guerre à mort, et qui voudraient encore aujourd'hui les dérober aux yeux d'un grand peuple, à l'ombre d'une couronne qu'ils voulurent toujours briser quand elle ne protégeait pas leurs droits usurpés sur les droits réels de tous les autres membres de l'état. Mon ami, les temps d'une aveugle crédulité sont passés, et ceux de l'oppression ne peuvent revenir. Le branle est donné à tous les cœurs généreux, à tous les esprits élevés ; trop de lumières brillent sur l'horizon politique des empires. Et quel est donc le grand sacrifice qu'impose à ta caste cette liberté publique qui t'effarouche si fort ? Est-ce que cette liberté si chère à la nation, si vaillamment défendue, si solennellement promise par le prince qu'elle peut seule immortaliser, et cette noblesse si chère avec raison à quelques familles augustes, qui peut être si utile à l'état, ne reposent pas ensemble sur le fondement qui porte l'ordre social, et qui en garantit l'inébranlable solidité ?

M. DE BALLONVILLE.

Verbiage que tout cela ! mon ami, verbiage !

LIBERFRAN *prenant du tabac.*

Irréligion ! irréligion !

LIBERFRAN.

Vous ne savez ce que vous dites ni l'un ni l'autre , ou vous mentez tous les deux à vos consciences ; la CHARTE.......

A ce mot , M. de Ballonville haussa les épaules en buvant un coup.

M. Liberfran sourit sous cape avec un air dédaigneux , fesant sauter sa tabatière entre les doigts.

Mademoiselle Cocote se mit à fredonner tout douce-ment le petit air favori : AH ! LE BEL OISEAU , MAMAN.

M. Liberfran fils déclama à demi-voix le vers suivant.

La liberté ne vit qu'au sein des républiques.

M. Minet lorgna mademoiselle Cocote , et mangea ce qui restait d'une tarte à la crême.

Et moi j'écoutai de toutes mes oreilles , parce que je voulais profiter de tout pour faire mon livre.

LIBERFRAN , *avec une voix de tonnerre.*

Oui , la CHARTE...... elle est le salut de l'état, la gloire du prince qui satisfit aux vœux de tous les vrais français, le présage certain du bonheur de la France, de la réparation com-plète de tous les maux qu'elle a soufferts , et la récompense nécessaire de ses lumières et de son courage. Morbleu ! je suis en train ; rai-sonnons en famille sur quelques-uns de ses principaux articles. Ne fesons pas comme tant d'imbéciles qui ne savent pas lire et qui la

proscrivent ; comme tant d'insolens qui la ju-
gent sans l'avoir lue ; comme tant de perfides
qui ne parlent que d'elle , et qui voudraient
l'anéantir par orgueil, par entêtement, ou pour
gagner l'argent qu'on leur donne. Buvons d'abord
à la santé du Roi , qui a eu le noble courage
de sacrifier quelques antiques prérogatives roya-
les aux droits sacrés du genre humain.

Tout le monde but.

Liberfran tira de sa poche un petit livret en manus-
crit : c'était la CHARTE...... et après nous avoir dit qu'il
avait été obligé d'en prendre une copie, parce qu'aucun
libraire n'en tient dans son magasin, CE QUI EST ASSEZ
SINGULIER OU PAS MAL PERFIDE , il lut le passage suivant.

*Les français sont égaux devant la loi , quels
que soient d'ailleurs leurs titres et leurs rangs.*

M. DE BALLONVILLE.

C'est incroyable. Par la vertu de cet article ,
un duc et un apothicaire ne sont donc plus
qu'une même chose....... il y a de quoi mourir
de rire , en vérité.

Tout en riant, il fit la plus vilaine grimace qu'on
puisse voir.

LIBERFRAN.

Ris tant que tu voudras , mon cher , tu ne
pourras empêcher, malgré ton parchemin, qu'ils
ne soient hommes l'un et l'autre. S'il faut des

ducs, ne faut-il pas aussi des apothicaires ? Quand tu es malade, appelles-tu un duc à ton secours, et saura-t-il te préparer un lavement selon l'ordonnance ?

Pauvre ami, raisonne. L'Apothicaire, dans son état, rend à la société les services de sa compétence, comme le duc rend les siens selon ses lumières et son rang. C'est de cette réciprocité de services que résulte la beauté de l'organisation sociale. Du plus grand au plus petit, du plus riche au plus pauvre, il y a relation diverse, compensation de services et besoin de reconnaissance.

Que signifierait la noblesse sans hommes autour d'elle qui ne seraient pas nobles ? rien ; et voilà la différence : c'est que sans noblesse, comme cela s'est vu et se voit encore, les hommes n'en pourraient pas moins vivre en très-excellente société.

Ainsi donc, puisqu'il ne peut exister d'états sans conventions qui en lient toutes les parties, et qu'il faut que ces conventions aient assez de force pour faire respecter les devoirs qu'elles imposent, il est donc de la plus absolue nécessité que sous le titre auguste de lois elles planent également sur toutes les têtes, pour que le duc laisse l'apothicaire préparer ses médecines en paix, et pour que l'apothicaire ne

s'avise pas avec ses drogues d'empoisonner le
duc pour lui jouer un tour de sa façon.
Chacun, en obéissant aveuglément à la loi,
aura, comme de raison, son genre de droits
à la considération publique ; mais l'un et l'autre
n'en aura pas moins aussi l'obligation de se
conformer aux dispositions générales qui leur
garantissent la paisible jouissance de leur vie,
de leur honneur et de leurs fortunes.

Il serait plaisant que, comme dans le temps
de la plus odieuse barbarie, il y eût des lois
qui exemptassent quelques citoyens du devoir
de se considérer comme membres de la famille,
et qu'elles les dispensassent de se soumettre aux
règlemens constitutifs, sans lesquels il n'y aurait
plus de famille.

Allons, allons, mon cher Ballonville, quoique noble, descends de ton arbre généalogique,
sois raisonnable comme un bourgeois, et conviens qu'il est juste que la loi soit plus élevée
que ceux pour qui elle est faite, qu'elle plane
également sur tous, et que, lorsque dans un
état quelques hommes, dans quelque rang qu'ils
se trouvent, de quelque fortune dont ils jouissent, ont l'audace de monter plus haut, les
passions usurpent bientôt son empire, et qu'il
ne reste plus, comme nous l'avons vu trop
souvent, que des oppresseurs et des opprimés.

MINET.

M. de Ballonville, je crois que..... eh! eh! eh !

Et il toucha les genoux de mademoiselle Cocote.

Madame Liberfran prit une prise de tabac de mauvaise humeur.

Et moi, sans faire semblant de rien, je prenais des notes.

M. DE BALLONVILLE.

Bavardage que tout cela, pitoyable libéral ; la sévérité des principes n'en fait pas toujours la bonté dans l'application, parce que les plus brillantes théories n'ont jamais valu l'expérience. Tant qu'il y aura des hommes sur la terre, il faudra beaucoup d'abus pour en prévenir de plus terribles. Tu dois me comprendre, tête libéralissime.

M. MINET *présentant un petit cœur de pain à mademoiselle Cocote.*

Voilà qui est joli, car d'abord......

LIBERFRAN.

Je te comprends à merveille et te remercie de l'aveu que tu fais. Mais, mon cher, quand les abus sont utiles, c'est que la raison ne peut l'être, car alors elle sommeille dans les chaînes. Mais aujourd'hui que nous voyons ces chaînes brisées par un élan sublime, et par un courage

qui

qui n'aura jamais d'exemple ; aujourd'hui qu'un roi dont le règne fera une brillante époque dans l'histoire , ne veut plus en forger de nouvelles , tu seras forcé de convenir avec les parties les plus éclairées de toutes les nations, que de bonnes lois qui n'humilient personne valent mieux que des abus qui outragent la nature et la raison , et qui , dans le fait , ne sont utiles qu'à l'orgueil et à la cupidité. Il faut sans doute des hommes qui commandent ; mais il faut qu'ils obéissent eux-mêmes à des lois consenties par tous ceux qu'elles doivent régir , ou les états et tous les individus en particulier ne seront que les jouets de leurs caprices, et les victimes nécessaires et déplorables de leurs passions.

L'amour-propre fut toujours insatiable. Plus il prend , moins il croit posséder ; plus on lui accorde , plus il exige ; et la soumission reste insignifiante pour lui, s'il n'y voit l'esclavage le plus réel et le plus humiliant. Tu dois me comprendre , tête nobilissime.

MINET *attrapant un papillon qu'il offre amoureusement à mademoiselle Cocote.*

Je comprends bien moi aussi, parce que....

LIBERFRAN.

Passons à un autre article.

8

M. DE BALLONVILLE.

Après que nous aurons bu. Cela me dédommagera de tes philosophiques raisonnemens qui n'ont pas le sens commun.

LIBERFRAN.

Bois et écoute.

Ils contribuent indistinctement dans la proportion de leurs fortunes aux charges de l'état.

M. DE BALLONVILLE.

Et tu trouves cela admirable sans doute ? Belle noblesse en vérité que celle qu'on assimile en tout à la plus mince bourgeoisie ! Que signifiera-t-elle dans l'ordre social, si elle ne possède pas des privilèges qui lui soient propres, et dont elle soit essentiellement constituée ? Un gentilhomme ne doit que son courage à sa patrie ; voilà la seule propriété à laquelle elle ait droit. Son argent n'est qu'à lui seul ; il en a besoin pour se revêtir de certain éclat qui en impose.....

LIBERFRAN.

En impose....... à qui ? à des sots qui ne savent pas que si l'argent des nobles devait ajouter à l'éclat de la noblesse, il n'y a pas de faquin

riche qui n'eût le droit de faire le gentilhomme.
Ce que tu dis, mon cher Ballonville, n'a pas
le sens commun. Une noblesse qui tient à l'argent
sent furieusement la roture.

Quoi ! parce que tu posséderas plus que ton
tailleur, tu devras moins payer que lui pour
la conservation de ce que tu possèdes ! Et de
quel droit exigeras-tu que le gouvernement te
garantisse ton avoir, si tu crains de lui fournir
les moyens de le protéger en proportion de la
dépense qu'il est obligé de faire pour ne pas
tromper tes espérances, et pour remplir son
devoir envers toi comme envers les autres ?

Et d'ailleurs, n'est-il pas vrai que plus tu possèdes, plus ceux qui n'ont rien peuvent être
jaloux de ton bonheur et convoiter tes richesses ?
Ne faut-il pas qu'en conséquence de ta fortune,
et qu'en conséquence aussi de la rigueur des
besoins et de la force des passions de ceux qui
les éprouvent, l'administration publique redouble
de soins et fasse de dépenses pour protéger
l'une et pour contenir les autres ? Pourquoi
veux-tu exiger d'une partie des citoyens un
sacrifice que tu n'as ni le courage ni la géné-
rosité de faire ? De quel droit oseras-tu exiger
que le fardeau pèse de préférence sur elle,
quand tu en retires cent fois plus d'avantage ?

Est-ce qu'au mot de patrie ton cœur n'aurait

jamais palpité? Te crois-tu plus qu'elle, et
penses-tu que si tu es l'un de ses enfans les
plus fortunés, tu lui dois moins de secours et
plus d'ingratitude? Allons, allons, pose la main
sur ta conscience ; cesse enfin de voir dans les
décrets de la barbarie les décisions de la sagesse,
et dans les vieux préjugés les oracles de la raison.
Tu es le plus honnête des gentilshommes que
je connaisse, et pas mal entêté, j'en conviens ;
tu as défendu le trône légitime avec le plus
brillant courage, je le dis avec plaisir, parce
qu'il ne fallait jamais séparer la cause des Bourbons de celle de la liberté publique...... Mais
morbleu, rappelle-toi avant tout que tu es
français, et que la plus noble prérogative de
la noblesse est d'avoir l'initiative des belles actions, et de faire à la patrie ces augustes sacrifices qui indiquent la véritable grandeur d'ame,
et qui ne laissent jamais soupçonner que l'avarice ose la flétrir.

Tu me passeras donc ce second article, et
tu ne croiras point déroger en donnant avec
joie la preuve que ton cœur et ta fortune sont
ensemble consacrés à la gloire et au bonheur
de la France.

MINET *lançant une tendre œillade sur mademoiselle Cocote qui lui tourne le dos aussitôt.*

Je ne parlerais pas mieux, moi qui......

M. DE BALLONVILLE.

Vous parleriez comme un sot selon votre habitude, M. Minet. Tout ce qu'il vient de dire n'est qu'un rabâchage de révolution qui ne séduit que des fous et des imbéciles qui n'ont nulle idée de ce que doit être vraiment l'ordre social. J'admire ma patience à l'écouter. Heureusement qu'il a du bon vin, et cela dédommage.

A ces mots, M. de Ballonville prit un dédommagement.

LIBERFRAN.

Eh ! mon ami, je te connais ; si ta tête résiste, ton cœur et ta conscience sont de mon avis.

M. DE BALLONVILLE.

Est-ce que tu croirais que je serais en partie la dupe.....

LIBERFRAN.

Passons à un troisième article.

***

Les français ont le droit de publier et faire imprimer leurs opinions en se conformant aux lois qui doivent réprimer les abus de cette liberté.

***

M. DE BALLONVILLE.

Bel article, ma foi, que celui qui fait de tous les français autant de censeurs publics ou

ignorans , ou fous , ou méchans, ou perfides ,
ou tracassiers ; qui met dans leurs mains le
fouet de la satire , et soumet à leurs coups les
actes de l'autorité et les personnes qui en sont
les dépositaires ; qui les livre impitoyablement
à leurs fureurs pour les déchirer légalement ;
qui les institue juges suprêmes de la loi qui
doit régir l'état , et qui donne à tous ceux qu'elle
blesse le droit de s'insurger par écrit contre le
bien général qu'elle opère..... qui d'ailleurs au-
torisera mille platitudes qui corrompront l'esprit
et le goût public , et la circulation de cent
mille brochures qui assassineront la morale ;
qui fournira à toutes les opinions les torches
de la discorde , et ranimera peut-être toutes les
haines d'un moment à l'autre.... Va-t-en au diable,
vieux fou, avec ta liberté de la presse.

LIBERFRAN *prenant du tabac.*

-Voilà parler raison , cela.

MINET.

Parce que c'est raisonnable , car enfin....

Mlle COCOTE.

Quand Bonaparte créa ces censeurs.... il avait
des raisons profondes.

LIBERFRAN fils.

Dans une république.....

M. DE BALLONVILLE.

Au diable votre république ; jeune homme , et toi, vieille tête désorganisée , ôtez-moi cet article qui désorganiserait l'enfer , et peut-être tu n'auras pas de peine à me convertir sur les autres.

LIBERFRAN.

Je veux que ta conversion soit complète. Ce que tu viens de dire frappe d'abord l'imagination ; mais le bon sens le brise sans difficulté. La liberté de la presse, quoi que tu en dises, et quoi qu'en disent tous ceux qui , par ton ou par opinion réelle , s'en constituent tous les jours les détracteurs forcenés , n'est pas la liberté de faire du mal , comme la liberté de faire certains remèdes qui ne se composent que de certains ingrédiens dangereux par eux-mêmes, n'est pas celle d'empoisonner les malades. N'est-il pas permis de porter un couteau dans sa poche ? Mais a-t-on le droit de le plonger dans le sein de l'homme qu'on n'aime pas ? Sois enfin de bonne foi, et que les vieilles routines ne viennent pas aujourd'hui renforcer des argumens que la raison a réduits enfin à leur juste valeur.

La pensée est le don le plus auguste et le plus précieux que le ciel ait donné à l'homme. Vouloir lui ravir le droit d'en user , c'est audacieusement se mettre en contradiction manifeste avec la volonté du créateur, et s'insurger insolemment contre le but qu'il se proposa. Car enfin, quoi qu'en disent savamment les apôtres de la dégradation de l'espèce humaine, à la beauté de ses ouvrages, on juge que Dieu ne pouvait commettre aucune erreur dans son système de création ; et vouloir détruire la plus belle partie de ce qu'il a fait, n'est-ce pas faire ce que ferait un tyran qui ordonnerait de crever les yeux à tous les enfans au moment de leur naissance? Tous les contingens qui frappent notre vue ou qui affectent nos ames, font partie nécessaire du domaine de notre intelligence, et nulle disposition humaine, sous quelque point de vue que nous voulions la considérer, ne peut intervertir un ordre établi par le créateur de tout ce qui est.

J'ai donc la faculté de raisonner sur tout, comme j'ai le droit de me servir de mes deux mains, parce qu'en ma qualité d'homme je suis exclusivement pourvu d'une raison, sans laquelle je cesserais à l'instant de l'être pour ressembler aux êtres vivans à qui Dieu voulut expressément la refuser.

Mais cette raison, à l'instant même qu'elle s'exerce, sent qu'elle ne peut être un moyen de mal, puisqu'elle ne peut agir qu'en reconnaissant ce qu'est le bien, ou elle ne serait plus

la raison ; et dès-lors elle s'arrêtera d'elle-même
au point juste où ce bien finit , où le mal
commence, pour éviter celui-ci et ne jamais
perdre de vue celui-là. Si elle s'égare, c'est
qu'elle sera plus faible que les passions , et c'est
ici que commence le règne de la loi qu'elle
aura dictée elle-même ; et cette loi, en venant
à son secours , lui rendra toute sa force et tout
son ascendant.

Cela posé, raisonnons ; et je parie que nous
allons nous trouver parfaitement d'accord, parce
que nous sommes des êtres raisonnables.

Qui redoute la liberté de la presse ? Ce ne
peut être celui qui ne craint pas le cri de
sa conscience ; mais ce sera celui qui n'ose
braver le cri public, ce cri si redoutable à ceux
qui administrent l'état, qui perce les nuages
brillans qui les enveloppent, qui les fait ressouvenir qu'ils sont hommes comme les autres ,
et tombe d'aplomb sur le premier principe de
leur autorité ; cri terrible qui va frapper le
scélérat qui combine des forfaits au fond de
son palais , ou dans les bras de sa maîtresse ,
et qui dérobe son affreuse pensée sous le coloris
brillant et perfide de la vertu ; cri vengeur
qui brise la coupe empoisonnée de la calomnie ,
et répare les maux que distribuent en abondance
les préventions injustes.

Oui, mon cher Ballonville, la liberté de la presse porte avec elle dans l'ordre social bien organisé tous les biens que les hommes ont le droit de désirer comme les seuls propriétaires du monde ; et j'ose dire qu'elle porte avec elle aussi le remède à tous les maux qu'elle péut produire.

Elle donne aux hommes un gouvernement fort, éclairé, loyal, fier de la dignité naturelle et sociale des êtres dont il est chargé de faire le bonheur ; toute sa pensée ne visera qu'à mé-riter leur reconnaissance, et toute sa politique à se décorer d'une partie de la gloire dont il les décore. Tous ses actes seront envers la patrie le tribut du génie et celui de toutes les vertus ; autrement tous les honneurs qu'on lui prodigue-rait ne seraient que l'usurpation de la perfidie ou les hommages de la plus infâme des servi-tudes. Dans ce dernier cas, ne parlons plus de la liberté de la presse ; mais dans le premier, elle est indispensable pour que le gouvernement ne puisse s'altérer sous l'influence des passions.

Les citoyens pour qui le gouvernement est fait, et non pour ceux qui gouvernent, ont donc le droit de veiller eux-mêmes sur lui, puisque leurs intérêts les plus chers lui sont confiés. Leur honneur, leurs vies, leurs fortunes sont, pour ainsi dire, à sa disposition....... et ils n'auraient pas le droit , pour prix de leur confiance , de s'assurer si elle est bien placée!.... Cela ne pourrait se concevoir.

Je ne veux pas sans doute soumettre à une inquisition ridicule les hommes qui ont le noble courage de faire aller la machine ; je ne veux pas non plus qu'on se fasse rendre compte par eux de certains motifs qu'une sage politique sait créer à propos , et qui ne sont efficaces et susceptibles de succès que dans le secret , et qu'en raison du génie administratif qui sait vertueusement en user.

Mais je veux que chacun ait le droit de se rendre compte à lui-même de ce qui se fait pour la chose publique , et s'il se sent assez de lu- mières pour en répandre , je veux qu'il les com- munique, et que si elles sont réellement utiles , on s'en serve , si on n'en a pas de meilleures , parce que tout doit tendre à la perfection possible, parce qu'il est souvent arrivé que le salut et la gloire d'un état furent l'heureuse conséquence d'un trait de génie sorti d'une tête obscure; parce qu'enfin le droit dont je parle appartenant à chaque citoyen , place l'état au- dessus des passions de quelques hommes puissans et corrompus , et peut seul créer une patrie.

La liberté de la presse laissera donc à chacun la faculté de communiquer sans contrainte les

pensées qu'il croira bonnes , et de suivre avec
confiance l'impulsion secrète d'un bon cœur.
L'amour de la patrie se trouvera parfaitement
à son aise , et ne sera plus obligé de se taire
devant une autorité jalouse et despotique. Le
bien qu'on pourra et que l'on voudra faire im-
posera le respect au dignitaire qu'on ne respec-
tera qu'à cause du bien qu'il fera ou qu'il voudra faire aussi; et tous , jouissant de la plénitude
de leurs droits et de la liberté de faire ce qu'ils
croiront utile , se paieront réciproquement ce
tribut d'estime et de vénération qui récompense
les succès et couronne les bonnes intentions.

Il arrivera de cet heureux état des choses
que les grands administrateurs redoubleront de
zèle pour n'avoir point à rougir de leurs opé-
rations à la lueur des flambeaux prêts à s'allumer
autour d'eux , et que toutes se trouveront mar-
quées au coin d'une combinaison parfaitement
éclairée et d'une marche essentiellement vertueuse.

Je sais bien qu'on imprimera beaucoup de
sottises. Eh ! qu'est-ce que cela fait ? Est-ce que
dans chaque maison particulière ou publique
il ne s'en dit pas des milliers par jour ? Eh !
bien , elles iront se perdre dans l'immensité des
rêveries humaines ; mais elles auront encore un
caractère utile , c'est qu'elles feront circuler
beaucoup d'argent , faciliteront la consommation

de beaucoup d'objets, fourniront aux imprimeurs des alimens à leur travail ; et ce ne sera point une bagatelle à dédaigner.

Mais, diras-tu, sous le prétexte du bien public et d'un grand zèle pour lui, on outragera tantôt le législateur, tantôt les ministres, tantôt les administrations subalternes, tantôt les organes de la justice ; eh ! que sait-on ? peut-être même la personne sacrée du Roi, et le pacte social qu'il reconnut être l'objet des vœux de toute la nation......

Alors, mon ami, ce ne sera plus la liberté de la presse dont on usera, ce sera la licence qui commettra les crimes. Est-ce que nous n'aurons pas alors le glaive de la loi pour la frapper sans miséricorde ? Le droit de publier des pensées utiles n'est pas celui d'outrager les hommes que la vénération publique décore, et dont les augustes travaux sont consacrés au bonheur et à la gloire de la patrie. Il ne consiste que dans la faculté inhérente à chaque citoyen d'indiquer des erreurs, d'offrir des moyens honnêtes de réparation, et de soumettre à la sagesse du législateur et du gouvernement des découvertes en politique, ou d'un autre genre, qui ne soient point le fruit de la haine ou de l'amour-propre, mais celui du zèle pour le bien public inspiré par le génie et guidé par des méditations pro-

fondes. Tout ce qui ne se renfermerait pas dans
ce cercle respectable, s'il n'est que la concep-
tion de l'ineptie, n'obtiendra que le dédain du
sage.

Mais si la véritable pensée des grands fonc-
tionnaires était défigurée par la perfidie ; si la
plume qui a écrit fût trempée dans le poison
de la calomnie ; si de faussés interprétations
appliquées à certains actes de l'autorité altéraient
le véritable sens qu'ils renferment, et tendaient
à égarer les esprits, à effrayer la confiance, et
à détourner le bien qui devrait en résulter.......
crois-tu, mon cher Ballonville, que les lois
resteraient muettes et le crime audacieux impuni ?
Non, non ; si la loi qui consacre la liberté de
la presse est la première et la plus indispensable
des lois pour une nation généreuse, celle qui
proscrit la licence est écrite sur la même page,
et les deux se lisent ensemble, car la première
ne peut exister sans la seconde ; et si l'une crée
décidemment la liberté, l'autre la garantit et la
protège, puisqu'il n'y aurait plus de liberté
publique et réelle, si la calomnie régnait avec
impunité.

S'il est beau d'avertir avec décence de leurs
erreurs les dépositaires de l'autorité constitutionnelle du prince, et s'il est honorable pour eux
de les réparer loyalement, il est affreux de les

abreuver d'amertume quand ils font leurs efforts pour ne pas en commettre, et quand très-souvent il arrive que ce qui paraît d'abord une erreur de leur part, est le fruit d'une sagesse profonde qui peut échapper au simple particulier qui ne peut avoir à sa disposition la clef de toutes les affaires publiques. Ainsi donc, cher Ballonville, fais ta paix avec la liberté de la presse, puisqu'elle doit faire la gloire et le vrai bonheur de ta patrie ; puisqu'elle est un droit naturellement acquis à tous les hommes raisonnables ; puisque les oppresseurs du monde, et ceux qui l'ont dégradé en l'abreuvant de son propre sang et l'inondant de préjugés, l'ont seuls redoutée.

S'il en existait encore de ces hommes qu'enhardit le pouvoir, qui sont toujours prêts à sacrifier à leur orgueil les intérêts des peuples et la sainte liberté qui les démasque, qu'ils tremblent. Le secret des passions de tous les genres ne se dérobe plus sous la masse antique des erreurs ; et s'il n'est que trop vrai que les meilleures lois se ressentent de la faiblesse humaine, et que c'est à la faveur de certaines imperfections inévitables peut-être, que l'injustice triomphe quelquefois au sein des états qui paraissent les plus sagement organisés, il est du moins certain qu'avec la liberté de la presse les hommes puissans et injustes seront malgré eux contenus dans le devoir et dans les bornes de leur autorité. Les grandes lumières qui tomberont d'aplomb sur tous les actes qui en émaneront, les mettra au grand jour et les fera paraître tels qu'ils sont.

Alors ces préférences désastreuses pour les protégés indignes, pour les petits protecteurs intéressés, pour les protectrices flétries ; ces connivences astucieuses et secrètes qui souvent ébranlent la fortune publique pour enrichir des créatures avides ; ces vexations ténébreuses qu'on se permet pour nuire à celui-ci afin de venger celui-là, ou de se venger soi-même ; cette prudence profonde qui semble affranchir des règles de la justice ceux qui tiennent les rênes de l'administration avec des mains perfides..... toutes ces choses qui trompent les espérances des peuples et la confiance d'un bon prince, disparaîtront devant les plumes courageuses que tiendront ensemble les lumières et l'amour sincère de la patrie ; et cette liberté de la presse qui fait tant de peur aux uns et rassure tous les autres, couverte des bénédictions de la vertu, se jouera des diatribes insolentes de l'orgueil qui la redoute, du crime qui pâlit devant elle, et de l'ignorance qui ne peut apprécier ses bienfaits.

Tous les citoyens, en un mot, dignes de

ce

ce beau nom sous un roi citoyen lui-même,
n'auront plus à craindre ces infâmes réputations
que distribuent dans l'ombre les éternels ennemis
du vrai mérite qui s'acharnent sans cesse contre
lui. Sans la liberté de la presse, comment veut-
on encore que l'honnête homme et le grand
talent résistent aux traits toujours empoisonnés
de l'envie et de la malignité? Ont-ils avec tout
un public une relation assez directe pour aller
au-devant des coups qu'on leur porte ordinairement dans l'ombre en cent lieux à la fois.

Combien d'hommes en place et dignes de la
confiance publique, sont défigurés! combien
de négocians estimables perdent leur crédit!
combien d'honorables particuliers se voient en-
lever une légitime réputation de probité! combien d'hommes d'un très-grand mérite sont impitoyablement repoussés dans une obscurité
profonde par des intriguans qui les redoutent,
et qui à leur préjudice usurpent des renommées
qui ne conviennent ni à leur cœur ni à leur
esprit! Peuvent-ils connaître leurs ennemis,
quand ceux-ci ne se présentent à eux que sous
le masque de la plus sincère amitié? Peuvent-ils
saisir leur manière d'agir et de parler, quand
ils n'agissent et ne parlent que dans l'ombre la
plus épaisse et la plus adroitement ménagée?
non sans doute; mais avec la liberté de la

presse , l'homme calomnié frappera le calom-
niateur au moment même où il sentira le coup
de la calomnie ; il brisera tous les masques, et
se plaçant au grand jour avec sa plume, sa
probité et son innocence, il défiera tous ses
injustes persécuteurs de se placer à ses côtés ,
et d'avoir l'audace de braver auprès de lui l'indignation publique..... Voilà encore , mon cher
Ballonville , l'un des bienfaits certains de la liberté de la presse. Oublie donc tes vieilles routines pour te souvenir que tu es citoyen français ;
foule aux pieds les déclamations de l'orgueil qui
frémit , de l'hypocrisie qui ne veut pas de lumière , de l'ignorance qui ne peut rien voir au-
delà du cercle qu'elle parcourt ; tu béniras ceux
qui eurent le noble courage de l'appeler dans
notre chère patrie , et la main royale qui la
consacra pour toujours , parce que tu es honnête
homme.

Monseigneur , raconter ce qui s'est passé à
un souper dont on n'a été que le spectateur ,
ce n'est prendre qu'un repas bien léger. Permettez que je vous donne le temps de réfléchir
sur ce que vous venez de lire , et que j'aille
prendre des forces pour vous raconter le reste.

On n'a vraiment d'esprit que lorsqu'on a dîné.

~~~~~~~~~~~~~~~~~~~~~

V.ᵉ LIVRAISON.

~~~~~~~~~~~~~~~~~~~~~

LIVRE

SANS TITRE, SANS PLAN, SANS SUJET ET SANS FIN ; etc. etc. (*)

MONSEIGNEUR , je suis bien fâché de n'avoir
pu vous donner que la moitié d'un souper , et
d'être obligé d'ajourner l'autre , ainsi que la
continuation de mon epître dédicatoire ; mais
relisez le titre de mon livre *sans titre ,* vous
verrez que malgré ce caprice que vous me re-
procherez sans doute , je suis toujours fidèle à
mon plan , quoique je n'en aie adopté aucun ,
et que je ne trompe pas vos espérances. Que
voulez-vous , MONSEIGNEUR ? il vient de tomber
entre mes mains un certain BAVARDAGE qui a dû
piquer l'amour - propre d'un *bavard* de mon

(*) Cet Ouvrage de 4 à 5oo pages paraîtra par livraisons.
Le prix de la souscription est 5 fr. franc de port.

ON SOUSCRIT , A TOULOUSE ,

Chez Gallon-Fatou, Libraire, rue Saint-Rome ;

Meisonnier, Marchand de Musique, au Mont-Vésuve,
rue Saint-Rome ;

Benichet Cadet, Imprimeur-Libraire, rue de la Pomme,
n.º 28.

9

espèce ; et comme celui qui l'a écrit se donne pour CONSERVATEUR DE LA CHARTE dont je raffole , il faut que je lui prouve qu'il n'est pas le seul qui *bavarde* aujourd'hui , et qui a la plaisante prétention de *bavarder* comme un ange.

Nous acheverons ensuite notre SOUPER DE FA- MILLE dont la fin sera, je l'espère , au goût de votre friande INCOMPRÉHENSIBILITÉ.

PETITES PENSÉES

Sur quelques grandes phrases insérées par le
Conservateur dans sa vingt-septième livrai-
son, pour faire tant bien que mal un article
de politique.

IL COMMENCE AINSI.

« La proposition de M. le marquis de Barthelemi a
» été repoussée par l'influence du ministère.... »

RÉPONSE.

Je vous demande pardon, M. le Conservateur,
qui ne cessez de porter des coups de hâche
sur ce que vous prenez *sous votre sainte et*
digne garde ; le ministère n'est pour rien dans
l'élan vraiment conservateur et vraiment national
qui a conservé la seule loi qui étayait cette
pauvre charte si plaisamment défendue par
vous, et qui, *seule encore* , se trouvait en
harmonie exacte avec elle. L'influence du ministère ne peut rien sur un peuple qui veut
être libre, et que son roi a reconnu solennellement pour tel. Seul il influe et doit influer
sur les ministres, et leur tracer la route à
suivre. Fidèles à leur devoir, ils ont crié avec
les français fidèles à l'honneur de leur patrie,
fidèles au prince qui tient sa parole, et qui

remontant sur le trône qui lui appartient, après avoir reconnu à la face de l'Europe que sa nation ne peut plus être esclave, est incapable d'avoir proclamé le plus grand et le plus juste des principes, d'avoir en même temps menti à sa conscience, et de s'être joué du peuple qu'il gouverne.

« L'aveuglement de ceux qui ont gouverné depuis » quatre ans est un miracle. Toutes les fois que la pro- » vidence a voulu nous sauver, ils ont brisé entre leurs » mains l'instrument de notre salut..... »

Le seul miracle qui nous plonge réellement dans certaine stupéfaction, est la prétention inouïe de celui qui se dit le CONSERVATEUR d'un édifice, et qui au moment qu'il paraît vouloir l'étayer, établit ses mines pour le faire sauter en temps opportun; mais les mêches sont éventées, M. le CONSERVATEUR, et le plus beau *miracle* qu'il vous reste à faire, est d'endormir un grand peuple qui a la rage de veiller, et d'éteindre le feu sacré que tous les cœurs généreux attisent à l'envi. Vous n'avez pas d'idée comme il y a de ces cœurs-là dans le monde qui ne veulent pas de votre *baume*. On croirait presque qu'ils ont le *secret de sa composition*.

Vous nous obligeriez bien sensiblement, M. le CONSERVATEUR, de nous faire connaître *l'instrument de salut* que les gouvernans ont *brisé*.

Parlez-vous de notre salut éternel ? c'est notre
affaire ; avec le *Génie du Christianisme* nous
l'attraperons ; vos saintes prières faciliteront sans
doute la besogne, et vos *Martyrs* nous en tra-
ceront la route. Est-ce le salut de la patrie qui
vous occupe ? mais l'instrument dont il s'agit
n'est pas encore *brisé*, car tout le monde est
content, et nous ne voyons que vous qui vous
fâchiez de concert avec les *honnêtes gens* dont
vous êtes la bruyante trompette. Il est dommage
que cette trompette sonne faux..... Calmez-vous,
M. le Conservateur ; nous respectons ce que
vous pensez, mais nous nous en méfions un peu.
Nous admirons vos talens, mais nous en blâmons
l'emploi. Au nom de sainte *Atala*, cessez de
nous parler de notre salut, quand notre bon
roi nous l'a solennellement garanti. Allons, allons, dites tout haut ce que vous n'osez faire
dire à vos livraisons, et ce que vous dites tout
bas à l'oreille de vos amis. *Nous aurons de la
peine à nous tirer de là*, et la fabrique des
éteignoirs ne peut manquer de faire banqueroute.

« Comme en toute progression sur une pente le mou-
» vement s'est accéléré à mesure que nous sommes des-
» cendus plus bas...... »

Où diable voyez-vous une pente, M. le Conservateur ? Notre progression nous porte au
contraire sur la hauteur où nous nous plaçâmes

bravement en 1789, et dont mille causes *très-fines* et *délicieusement combinées*, et que vous connaissez fort bien, nous firent peu à peu descendre. Mais heureusement les faisceaux de laurier que nous avons cueillis tout en descendant, ont suffi pour nous faire remonter à cette même hauteur dont il ne sera plus possible de nous faire déguerpir ; car le Roi lui-même nous a donné ce poste à *conserver* ; et les feux qui brûlent autour ne manqueront pas de nous faire voir toutes les manœuvres des ennemis qui voudraient nous chasser de la plus brillante des positions......... Ne nous dites donc plus que nous sommes descendus plus bas. Parlez pour ceux qui n'ont pas voulu monter ; tant pis pour eux s'ils sont restés dans le fossé........

« On a d'abord chassé un à un les Royalistes ; ensuite
» on en est venu aux destitutions générales...... »

On a chassé........ Pardon si je me sers de votre expression qui n'est pas du tout polie ; mais c'est égal. On n'a chassé que ceux qui ne cessaient d'outrager le Roi, tout en se donnant pour ses amis par excellence. Permettez-moi de vous dire que lorsqu'on est vraiment *Royaliste* aujourd'hui, on défend avec loyauté et son roi et son ouvrage. Plaisant amour, ma foi, que celui qui insulte sans cesse son objet ; qui s'insurge à cha-

que instant contre sa pensée ; qui défigure ses
intentions , et renverse tous ses projets ! Croyez-
vous donc , M. le Conservateur , que lorsque
notre auguste Monarque donna la Charte il voulût réellement se moquer de vingt-cinq millions
d'hommes , qu'il prétendît insulter à la raison
publique , et qu'il voulût se jouer de la bonne
foi des français ? non. Le Roi vit que ce n'était
pas la plus petite partie de la nation qui avait
été victorieuse de la plus grande ; il reconnut
qu'une sage liberté avait été le véritable objet
de tous ses efforts , et qu'elle la voulait décidément. Tous les événemens de la révolution ,
tous les malheurs , toutes les fautes , tous les
crimes même , tout cela devait arriver , puisque
toutes les passions perfides , filles antiques de
l'orgueil , de l'intérêt et de l'ignorance , osèrent
s'insurger contre la plus généreuse et la plus
légitime de toutes les passions , l'amour de la
liberté........ puisque la raison , présent sacré que
l'homme reçut exclusivement des mains de son
créateur , eut à combattre les vieilles routines
qui l'étouffaient , et dut briser les fers sous le
poids desquels elle gémissait depuis douze siècles ;
mais tous les efforts apparens ou secrets des
Royalistes comme vous et comme vos honnêtes
gens , n'ont pu réussir , et ne réussiront pas à
donner la mort au sentiment profond et général

qui , depuis trente ans , brûle au fond des bons cœurs ; le cœur du Prince en est pénétré, sans doute , CAR IL EST FRANÇAIS............... et c'est lui faire l'outrage le plus sanglant que de croire que le DON DE LA CHARTE est ou une faiblesse , ou une perfidie de sa part. Selon vous , M. le CONSER-VATEUR , il n'aurait donc fallu confier les fonc-tions publiques qu'à ceux qui ne prétendaient pas la CONSERVER , et non à ceux qui voulaient la défendre de bonne foi , et qui étaient ROYA-LISTES comme il faut l'être aujourd'hui , et non comme il fallait l'être autrefois....... Ah ! M. le CONSERVATEUR , qui me faites souvenir du fameux sénat du consul impérialisé qui détruisait tout aussi sous le grand nom de conservateur......... ce n'est pas assez que d'avoir un beau talent, il faut avoir assez de raison pour respecter la raison des autres. Ce n'est pas le tout que d'être ROYALISTE , il faut rendre hommage à la loyauté du Roi. Ce n'est pas le tout que d'être français, il ne faut pas induire ses compatriotes en erreur. Ce n'est pas le tout que de s'affubler du titre spécieux de CONSERVATEUR , il faut faire aimer la loi fondamentale de l'état. Ce n'est pas le tout que de faire imprimer le *Génie du Christianisme* , et de lui donner , par excès de zèle , la physio-nomie d'un roman , il faut l'avoir dans le cœur , et prouver par ses écrits , et par ses actions, qu'on

est réellement pénétré de son esprit. Ce n'est pas
le tout que de vouloir éclairer les hommes, il ne
faut pas affecter de répandre de fausses lumières
qui peuvent les faire tomber dans un gouffre.

Sachez , M. le Conservateur, que les vrais
amis de la liberté , telle que la charte l'a définie,
sont les seuls vrais amis du Roi ; et que s'il s'en
trouve qui n'aiment que le Roi , et qui détes-
tent la Charte , c'est qu'ils s'aiment plus eux-
mêmes qu'ils ne chérissent le Roi , et que toute
autre dynastie que celle des Bourbons leur con-
viendrait peut-être à merveille , si elle fesait
disparaître la Charte pour leur rendre les jou-
joux que la révolution leur a fait perdre.

« Ces destitutions ont passé du civil au militaire. La
» révolution qu'on rétablissait dans les hommes a été
» reportée dans les choses. La loi des élections et celle
» du recrutement ont démocratisé la monarchie..........
» Effrayé , mais trop tard , des conséquences de son sys-
» tème, le dernier ministère a voulu l'arrêter , et il a
» disparu....... »

Eh ! parbleu, M. le Conservateur, vouliez-
vous que le *civil* fût mis à l'ordre du jour , et
que le *militaire* en fût dispensé ? c'aurait été
vraiment un ordre de choses fort plaisant que
le désordre le plus ridicule. La loi des élections
fait participer tous les citoyens qu'elle désigne
au droit d'élire ceux qui doivent s'occuper de

leurs intérêts ; et la loi du recrutement fait participer tous ceux qui doivent les défendre l'épée
à la main , aux récompenses réservées à tous les
braves. Qu'y a-t-il là d'irrégulier ? Vous qui
CONSERVEZ LA CHARTE , ignorez-vous qu'elle a été
écrite pour tout le monde ; et croyez-vous qu'elle
n'a été promulguée que pour la plus mince
partie de la nation ? vous avez trop d'esprit pour
être dupe d'une erreur aussi grossière , ou vous
vous moquez le premier du titre de CONSER-
VATEUR que vous vous donnez, et que beaucoup de gens vous contestent............... Vous
êtes malin , M. le CONSERVATEUR ; vous dites que
vous voulez la CHARTE afin qu'on ne puisse voir
que vous n'en voulez pas du tout. Je parie qu'un
bon arrêt du parlement , *si vous aviez le bon-*
heur de le faire renaître , qui , sur les conclu-
sions d'un nouveau Séguier , la ferait brûler au
pied du grand escalier du palais de justice à
Paris , comme cela se fesait autrefois de fort
bonnes choses , vous réjouirait bien davantage ,
dussiez-vous perdre le titre de CONSERVATEUR ,
quoique vous aimiez singulièrement les titres.....

Non , M. le CONSERVATEUR , ces deux lois qui
vous offusquent tant n'ont point DÉMOCRATISÉ la
monarchie ; elles l'ont au contraire plus fortement consolidée ; car elle se fonde aujourd'hui
sur la raison et sur la justice , et non sur le droit

horrible de conquête comme la vieille monarchie. Tous les cœurs la consacrent de bonne foi, parce qu'elle est en harmonie avec les lumières qui en font ressortir tous les avantages, et avec la sûreté publique dont elle est le garant le plus fort et le plus auguste. Les ministres qui la provoquèrent firent leur devoir ; tant pis pour eux s'ils *s'effrayèrent* ensuite du bien qu'ils avaient fait, et s'ils osèrent renoncer à un système adopté par toutes les lumières du siècle, et commandé par toute la force des circonstances. Quand dans la carrière de la justice on a la faiblesse de faire un pas rétrograde, c'est qu'on n'était pas pénétré du bien qu'on avait paru faire, ou l'on tendait un piége à la bonne foi publique............. VIVE LE ROI ! ils ont *disparu*, comme vous dites ; la patrie est sauvée. Jamais la monarchie n'a posé sur des fondemens plus solides ; car la promesse du Roi n'a point trompé les espérances nationales ; et ceux qui la rendaient presque suspecte nous ont, en *disparaissant*, prouvé malgré eux qu'il ne l'avait point faite pour tromper un peuple généreux qui lui devra une partie de sa gloire, l'oubli de ses malheurs, et la récompense de ses sacrifices et de son courage.

« Aucune espérance ne s'attache à l'administration nou-
» velle......... »

Diable, M. le Conservateur, permis à vous
de ne plus espérer. Moi j'espère beaucoup au
contraire, et vingt millions de français aussi,
parce qu'il me semble qu'un bon roi sourit à
la liberté de sa patrie, et surtout à l'idée qu'il
l'a définitivement établie ; parce que toutes les
prérogatives barbares ont cessé de peser sur les
hommes raisonnables, et que ceux qui ne l'étaient
pas ont décidément perdu le droit et le pouvoir d'empêcher les autres de l'être. Il me semble qu'à la lueur des flambeaux qui brûlent sur
tous les points de la France, tous les moyens
de bonheur public vont se déployer à l'envi sans
avilir les uns pour enluminer ridiculement les
autres, et sans enrichir scandaleusement ceux-ci
pour ruiner audacieusement ceux-là. Il me semble que désormais la vertu vivante l'emportera
sur les vertus de convention du temps du roi
Dagobert, et que le mérite vraiment utile aujourd'hui vaudra beaucoup mieux que le prétendu mérite d'autrefois. Il me semble que dans
le *civil* comme dans le *militaire*, il y aura vive
émulation pour bien servir la patrie, et que
cette émulation tournera, de droit étroit, au plus
grand avantage de la famille régnante, et de
la nation, qui, en adoptant la Charte, sait fort
bien qu'elle consacre cette auguste famille, d'accord avec tous les bons cœurs qui la chérissent.

Il me semble que tous les vrais français vont
se faire les CONSERVATEURS loyaux du pacte social, et qu'aucun ne cachera sous ce titre le désir
de le voir en lambeaux.......... Je parie que cela
vous contrarie un peu, M. le CONSERVATEUR, et
que vous ne manquerez pas de faire tout votre
possible pour vous ménager quelque motif *d'espérer* encore, malgré *l'administration nouvelle.*

« Nous avons montré un rare esprit de médiocrité..... »

Parlez pour vous, M. le CONSERVATEUR; l'élévation de l'âme ne prouve point la médiocrité
de l'esprit. Cette médiocrité ne ressort que dans
les hommes qui, faits du même limon, décorés
des mêmes infirmités, soumis aux mêmes besoins, n'ont pas l'esprit de comprendre qu'il faut
n'avoir pas le sens commun pour croire qu'on
est aussi stupide aujourd'hui qu'on l'était du
temps *du droit du seigneur.*.......

« Si dans les derniers rangs de l'empire, sous Bona-
» parte, il existait quelque génie secondaire dont à peine
» on eût entendu parler, c'est là que nous avons été
» chercher de grands hommes pour la monarchie légi-
» time. Tous ces pygmées ont roidi leurs petits bras
» pour soutenir les ruines colossales sous lesquelles on
» les a placés. Sentant l'inutilité de leurs efforts, leur
» vanité blessée les a rendus persécuteurs, etc. »

Rien n'est joli comme ce paragraphe. Il est
dommage qu'il ne présente que des mots habil-

lant les plus fausses pensées. On dit que cela vous arrive parfois, M. le CONSERVATEUR. Dans les derniers rangs comme dans les premiers, il peut se trouver des GÉNIES. L'histoire nous apprend, et l'expérience nous prouve que le plus souvent on a plus d'esprit dans les rangs secondaires que dans les plus hauts. Il est assez démontré, je crois, que les parchemins donnent de l'orgueil en abondance, et qu'ils sont quelquefois de vrais harpagons pour l'esprit. Tranquillisez-vous, M. le CONSERVATEUR ; la monarchie légitime, la seule que nous voulons, a trouvé *dans les rangs secondaires* des défenseurs loyaux, qui ne l'ont point perdue de vue pendant tout le cours de la révolution, et qui vaudront mieux peut-être que les prétendus grands génies des rangs plus élevés, parce qu'en s'occupant de la CHARTE, il faut de toute rigueur qu'ils s'occupent de l'auguste famille des Bourbons ; et qu'au contraire, en ayant l'air de ne s'occuper que *de la monarchie légitime*, il est de fait qu'on s'occupe plus particulièrement de certain édifice gothique dont l'arrêt de destruction est consigné dans la CHARTE.

L'image *des pygmées placés sous les ruines colossales et qui roidissent leurs petits bras*, est vraiment très-jolie ; mais elle ne nous fait pas oublier ces autres pygmées qui sont devenus des géans, et qui avec quelques pas ont en-

jambé l'Europe et emporté sur leurs têtes les
lauriers qui croissaient sur tous ses points, pour
en faire des couronnes qui n'ont pas besoin de
CONSERVATEURS pour être toujours brillantes.....

Vous dites, par exemple, une grande vérité ;
j'aime à vous rendre justice. *La tyrannie craint
le talent....* Chaque page de l'histoire le prouve,
M. le CONSERVATEUR ; et tant de talens qu'elle a
fait descendre dans la tombe *par le plus court
chemin*, le démontrent encore mieux. Ah ! M. le
CONSERVATEUR, au nom de *Sainte Cymadocée*,
faites en sorte que la liberté de votre patrie ne
craigne pas le vôtre, et je vous supplie de ne
plus la tourmenter......

En disant ensuite que *pour ressembler à nos
premiers révolutionnaires, il ne manque à ces
pygmées qui roidissent leurs petits bras pour
soutenir des ruines colossales, que le courage
d'exécuter le mal dont ils ont la pensée*, vous
êtes mordant, M. le CONSERVATEUR........

Vous avez beau dire ; le Roi nous a donné
une CHARTE qui contient tout juste ce que les
premiers *révolutionnaires* demandaient avec raison ; c'est même en vertu de cette CHARTE que
vous êtes un honorable pair........ Les premiers
révolutionnaires n'auraient rien dit, si l'infor-
tuné monarque, que tous les bons français re-
gretteront toujours, avait trouvé dans le clergé

et dans la noblesse les secours dont il avait besoin pour soulager son peuple, et pour mettre ordre aux affaires de l'état. Il avait les intentions d'un père qui veut le bien de tous ses enfans ; mais ceux qui se trouvaient dans les *hauts rangs*, qui avaient toutes les faveurs de la cour, toutes les richesses de la France, et qui pouvaient mieux le seconder, furent précisément ceux-là même qui s'y refusèrent. Ma foi, l'humeur saisit les autres ; on en aurait à moins ; et le tapage commença. Eh! morbleu, ce tapage-là n'a-t-il pas duré assez long-temps ? Pourquoi faire les plus belles phrases du monde pour le faire recommencer ? Non, pas plus qu'en 1789 on ne veut le mal en 1819. On voulut le bien, et non le malheur de personne ; mais, pour empêcher qu'il fût fait, on creusa un abîme immense qui fut rempli du sang d'une partie de l'Europe. Louis XVIII a tari cette mer ; il a comblé le gouffre ; il a couronné les pensées généreuses ; il a rendu hommage aux lumières de son siècle ; il appelle et hâte la perfection de l'ordre social ; il en sera l'auguste, l'immortel créateur, et sa gloire trouvera son *conservateur* dans la postérité la plus reculée.

Cessez donc, M. le CONSERVATEUR de son ouvrage, de vous opposer au développement de ses conséquences, et de les défigurer dans des décla-

mations

mations bien écrites, mais qui ne détruiront pas les grandes vérités qu'elles combattent, tout en entretenant les erreurs de ceux qui sont incapables de les comprendre.

« Où allons-nous ? chacun se le demande, et personne » ne peut le dire......... »

Je vous demande bien pardon, M. le CONSERVATEUR ; je vais vous le dire avec tout le respect que je vous dois. A la faveur de la plus magnifique illumination qu'on ait jamais vue sous le soleil, à travers mille bosquets de laurier dont les français se sont fait les plus belles palmes du monde, notre Roi, un petit livre de marche en main, nous conduit au temple des mœurs, de la gloire, de la sagesse, du bonheur, et de la véritable liberté. Ce temple vient d'être élevé par lui sur les ruines des vieux donjons qui, depuis mille siècles, nous empêchaient d'y voir clair. J'en suis fâché pour vous, M. le CONSERVATEUR ; si l'art de faire des éteignoirs a repris beaucoup de vigueur depuis quelque temps, le talent de s'en servir a totalement disparu. On connaît le secret de leur composition, et la plus petite chandelle suffit pour les fondre.

« Nous avons dépassé tous les rivages ; nous voguons » à pleine voile sur une mer inconnue. Qu'on n'aille » pas se figurer qu'il s'agisse encore de chambres, de

10

» ministère, de lois, de discours ; nos institutions, de-
» bout en apparence, sont tombées. Avons-nous une loi
» des élections ? etc. »

Ce n'est pas cela, M. le CONSERVATEUR ; il faut
dire, *nous touchons au port ;* et nous y serions
déjà entrés, si les plus *honnêtes gens* du monde
ne décochaient contre nous tous les vents qu'ils
ont dans la tête, et ne s'amusaient, pour notre
plus grand bien, selon leur grand esprit, et
leurs charmans discours, à soulever contre notre
vaisseau les plus abominables tempêtes. Mais
heureusement nous avons un excellent pilote,
des travailleurs vigoureux, vaillamment aidés par
la plus grande partie de l'équipage ; ce qui nous
fait espérer, qu'avec la grâce de Dieu et l'in-
tercession des saints et saintes de votre façon,
nous sortirons de la *mer inconnue* dont vous
parlez, et que nous entrerons sains et saufs dans
la rade, où, quoi que vous en disiez, nous
trouverons nos *chambres*, notre *ministère*, *nos
lois*, *nos institutions debout*, et où nous en-
tendrons encore de *fort jolis discours*, même
les vôtres.

Il faut convenir, M. le CONSERVATEUR, que
cette loi des élections fatigue étrangement votre
tête...... Eh ! laissez-la aller son petit bonhomme de
chemin ; elle vous épargnera toutes les peines
que vous donne le grand ministère de CONSER-

VATEUR, dont vous avez bien voulu vous décorer ; *avec cinq à six autres que nous atten-*
dons , elle CONSERVERA LA CHARTE ; vous pourrez vous reposer à l'avenir , et nous donner
encore quelque petite histoire édifiante, ou faire
un nouveau voyage à Jérusalem , ou même
canoniser quelque nouveau saint.

» « On discute aujourd'hui une loi sur la responsabilité
» des ministres. Mais y a-t-il une telle chose que cette
» responsabilité, lorsque vingt, trente, quarante, cin-
» quante, soixante pairs, parens ou amis des ministres,
» peuvent tout-à-coup être introduits dans la chambre
» haute, et venir s'asseoir sur le banc des juges ?..... »

Il faut convenir , M. le CONSERVATEUR , que
vous aimez furieusement à chicaner. Eh ! que
diable , laissez les nouveaux pairs reposer tran-
quilles dans la chambre dont votre Roi et le
mien leur a ouvert la porte. *Il règne notre*
Roi..... il a respecté la loi ; respectez l'auguste
organe de cette même loi. Comment pouvez-
vous croire que lorsqu'un ministre rendra compte
de sa conduite, pour n'avoir que des juges bé-
névoles, il aura le droit de transformer tout-à-
coup en pairs une centaine de ses parens ou
amis ? Cela se dit aux NIAIS DE FACTION dont vous
parlez dans le même article sur lequel je raisonne tant bien que mal, et non à des gens
qui ne sont ni NIAIS, ni FACTIEUX. Je conçois

que le Roi vous a joué un petit tour malin en
fesant un grand acte de justice , de raison et
de politique, que tous les connaisseurs ont vivement applaudi. Mais , croyez-moi, cessez de
vous effrayer. Le ministre qui fera quelque fredaine aura la tête lavée , *malgré l'inconcevable
lenteur que l'on met à nous apprendre quel
sera le genre de fredaine que les* EXCELLENCES
*pourront faire et quel sera le genre de cor-
rection qu'elles auront l'honneur de recevoir.*
Je vous assure que vos fonctions de *conservateur* de la charte seront pour vous très-faciles
à remplir. Nos nouveaux pairs se chargent de
la besogne , et nous connaissons leur savoir
faire.

« La couronne a cédé sa principale prérogative en
» abandonnant, par la loi du recrutement, son pouvoir
» sur l'armée....... »

Qu'entend M. le CONSERVATEUR par ce mot,
pouvoir sur l'armée? Est-ce le *pouvoir* de ne
donner les grades qu'aux favoris des ministres,
aux amis des courtisans, aux protégés des illustres catins en crédit ? mais ce *pouvoir*-là
n'honore pas une couronne, il la flétrit au contraire , et peut étrangement la compromettre.
Est-ce le *pouvoir* de ne donner ces mêmes grades qu'aux *parcheminisés ?* Mais puisqu'enfin nos

vilains depuis trente ans ont fait prouesses merveilleuses , que toute l'Europe en tremble encore, pourquoi la couronne n'aurait-elle pas le droit d'arranger les choses de manière à tirer au besoin très-bon parti de ces vaillans compères, en leur accordant celui de se bien battre, si cela les amuse, et de monter *de bas en haut*, s'ils savent se servir en bons français des ailes de la victoire? Enfin, que veut M. le CONSERVATEUR ? veut-il conserver la charte, oui ou NON? Que dit cette charte, objet sacré de sa vigilance et de son amour, à ce qu'il dit? elle parle ainsi : ART. 3. *Tous les français sont également admissibles aux emplois civils et militaires*....... Comment, d'après cette disposition fondamentale de la charte, le monsieur qui la CONSERVE ne s'est-il pas réjoui d'une loi juste, qui en est la conséquence loyale et nécessaire, qui dérobe les braves aux intrigues des cours, aux manœuvres des bureaux ministériels, et leur réserve en même-temps le prix le plus honorable de leurs services, et les palmes de la gloire qu'ils auront conquise? En vérité, on ne comprend rien aux hommes aujourd'hui, et l'on serait tenté de croire que lorsqu'ils parlent *blanc* ils pensent *noir* comme l'encre dont se sert le grand CONSERVATEUR quand il fait ses articles POLITIQUES.

« La pairie existe-t-elle, si elle est tantôt à vie, ët
tantôt héréditaire......... etc.... »

Ne voilà-t-il pas encore que M. le Conservateur est dans l'embarras de savoir s'il y a une
chambre de pairs. Parce qu'on a augmenté le
nombre des membres, il fait semblant de croire
que le corps s'en va en fumée...... et ce qu'il y a
de plaisant, c'est que tout en mettant le plus
grand zèle pour la conservation de la Charte,
il se fâche de ce qu'on la conserve, et de ce
que l'on s'y conforme scrupuleusement; car enfin ,
si comme le dit la charte, Art. 27, *La nomination des pairs de France appartient au Roi ,
leur nombre est illimité, il peut en varier les
dignités, les nommer à vie, ou les rendre hé-
réditaires à volonté.....* il est clair que la charte
reste intacte, et qu'au lieu de se fâcher, M. le
Conservateur devrait être aux anges...... Je m'y
perds. C'est une drôle de chose que l'esprit ; ou
il voit mal, ou il veut que les autres ne voient
rien du tout. Ce n'est pas joli cependant; car
enfin on sait lire aujourd'hui un peu mieux qu'autrefois ; et M. le Conservateur devrait savoir
qu'on ne doit pas se fâcher sans raison; on a
l'air autrement de prendre de belles paroles pour
de la poudre, et de les jeter aux yeux des
gens, afin de se jouer de leur pauvre petite
raison......... et c'est précisément cet air-là que

je crois remarquer dans M. le CONSERVATEUR.

Je laisse de côté quelques paragraphes admirables qui m'ont paru très-agréablement INCOMPRÉHENSIBLES. Opposer des paroles à des paroles, cela finit par endormir son monde, et NOUS AVONS BESOIN DE VEILLER............. Si j'avais trouvé des pensées, j'en aurais cherché dans ma tête; mais M. le CONSERVATEUR m'a dispensé de ce soin en ayant l'esprit de s'en dispenser lui-même. Je me cramponne à certain passage délicieux qui m'a paru n'avoir pas le sens commun.

« Nos petites combinaisons ne changeront point la » nature des choses. Nous avons introduit mille germes » de destructions dans l'état, et l'état est menacé de » périr. En vain nous espérons que les maximes qui » ont déjà perdu la monarchie la sauveront; notre es- » pérance sera déçue. Préconiser ces maximes, c'est imi- » ter les romains qui mettaient au rang des dieux les » monstres qui les avaient dévorés. Jamais il n'a existé » d'empire sans religion. Où est la religion? Où sont ses » ministres? Le philosophisme tient lieu de sa sagesse... » Elle n'élève point l'enfance; on ne lui confie point » l'infirmité et la vieillesse... On la laisse seule prier pour » nous dans nos temples qui tombent en ruine....... Ce » n'est qu'en bravant les persécutions que les mission- » naires parviennent à prêcher la parole de Dieu. La » liberté de la pensée existe pour tous, excepté pour » le pasteur qui instruit son troupeau........ L'évangile » qui a soumis le monde à sa règle, est soumis à la » censure de la police. »

Nos petites combinaisons, dites-vous, M. le
Conservateur, ne changeront point la nature
des choses.... Parlez des vôtres, vous aurez raison
alors, car elles sont usées. On a trouvé le secret
de pulvériser les masques de toutes les fabriques et de toutes les couleurs.

Où diable voyez-vous que nous ayons introduit dans l'état mille germes de destruction, et
que l'état va périr?...... Et la Charte donc que
vous conservez si bien! est-ce qu'avec votre
secours elle n'étouffera pas ces maudits germes?
Vous me feriez trembler, si je ne savais pas
que vous ne fûtes jamais sorcier.... Allons, allons,
M. le Conservateur, pas tant d'humeur;

Tant de fiel entre-t-il dans l'âme des dévots !

Les *maximes* qui perdirent la monarchie ne
furent jamais celles des bons français ; et les
maximes qui nous régissent aujourd'hui sont
précisément celles qu'ils invoquaient quand la
révolution commença. Elles furent combattues
à outrance par les fureurs de l'orgueil, par
l'entêtement de l'ignorance, et par toutes les
armes de la perfidie; et cela est tellement vrai,
qu'aujourd'hui même, après trente ans de malheur, la France voit la plus grande partie de
ses enfans ne demander que la réconciliation
générale, fermer les yeux sur les causes secrètes

de toutes les erreurs qui multiplièrent leurs maux
à l'infini , se rapprocher sincèrement d'une antique
famille qu'ils ont toujours chérie , n'aspirer qu'au
repos de la patrie , à des lois vraiment raisonnables , fondées sur une politique libérale , et non sur
la politique de la vanité , au développement complet de l'industrie... Eh ! bien , ces pauvres enfans
revoient les mêmes résistances , les mêmes moyens , les mêmes motifs , les mêmes menaces ,
les mêmes écrits semer les mêmes alarmes , les
mêmes incertitudes et les mêmes malheurs. Les
uns chérissent la charte d'une manière tout à
fait originale ; les autres la CONSERVENT de si *bonne
foi* , que , pour prouver leur amour et la sincé-
rité de leur zèle , ils ne cessent de faire le procès à ceux qui proclamèrent tout juste les *maximes* dont la CHARTE TANT CHÉRIE se compose.
Par l'organe de son CONSERVATEUR spécial , ils
vous disent , que vanter ces *maximes , c'est imi-
ter les romains , qui mettaient au rang des dieux
les monstres qui les avaient dévorés........* Mais
ces monstres-là étaient des tyrans ; et les *maximes* qui donnent tant d'humeur à M. le CON-
SERVATEUR les proscrivent et les pulvérisent sans
miséricorde. Pourquoi se fâche-t-il donc contre
les *maximes* et les *maximistes ?* Quand les romains plaçaient au rang des dieux les *monstres*
qui les dévoraient , ils n'étaient plus les romains

libres, ils étaient de plats esclaves. LES FRANÇAIS SONT LIBRES AUJOURD'HUI..... entendez-vous, M. le CONSERVATEUR ?

Vous ajoutez que *les états ne peuvent subsister sans religion et justice......* La belle nouvelle que vous nous donnez là, M. le CONSERVATEUR ! qui vous dit le contraire ? Est-ce que la CHARTE n'a pas donné à notre sainte religion la première place dans l'état, comme elle doit nécessairement l'avoir ? Est-ce qu'il y a dans cette CHARTE quelque article qui ordonne qu'il ne sera rendu justice à personne ? Je l'ai sous les yeux, et je ne trouve pas cet article. Il y a apparence que M. le CONSERVATEUR ne lit pas ce qu'il CONSERVE.

Ce qu'il y a de très-plaisant encore, c'est qu'il ne voit pas même les ministres de la religion.... et cependant nous avons le bonheur de posséder le clergé de l'Europe le plus respectable et le plus éclairé. Nos jeunes lévites fourmillent dans nos sanctuaires ; nos missionnaires, sur tous les points de nos villes et de nos campagnes, plantent le signe sacré de notre rédemption....... Il parle ensuite du *philosophisme*, et croit nous faire prendre le change, à la faveur d'un mot qui n'a pas le sens commun, sur les axiomes de la sagesse proclamés par la plus saine philosophie.............. Il vous dit tout bonnement

qu'on ne confie plus aux ministres des au-
tels l'enfance, l'infirmité, la vieillesse, l'inno-
cence et le malheur ; et qu'on les laisse seuls
prier dans nos temples qui tombent en ruine ;
qu'on persécute les missionnaires ; que le pas-
teur n'a pas la liberté d'instruire son troupeau ;
que l'évangile est soumis à la censure de la police...

On ne sait en vérité s'il faut rire ou se fâcher.
Quelles sont les fonctions réelles des ministres
des autels ? Ils doivent étudier la loi de Dieu,
nous la faire connaître et chérir ; administrer
les sacremens qui nous font participer aux grâces
divines, et nous fortifient dans la foi, en nous
facilitant la route du ciel. Dans quel lieu de
la France les facultés de théologie sont-elles
muettes ? Dans quel lieu de la France les portes
des séminaires sont-elles fermées ? Dans quel lieu
de la France les sacremens ne sont-ils pas distribués aux fidèles ? Dans quel lieu de la France
les prêtres ne célèbrent-ils pas les saints mys-
tères, et ne chantent-ils pas les louanges de Dieu ?
Dans quel lieu de la France sont-ils les seuls
à faire entendre leurs voix, si toutes les portes
des temples sont ouvertes depuis le lever du
soleil jusqu'à son coucher ? Dans quel lieu de
la France nos temples tombent-ils en ruine, s'il
est de toute notoriété que la pompe des céré-
monies ne se ressent nullement des profana-

tions imputables à mille causes diverses, toutes étrangères aux *maximes* de la liberté publique; et s'il est reconnu par tous les français que le gouvernement a à sa disposition des
sommes consacrées aux frais des réparations
nécessaires? Dans quel lieu de la France est-il
défendu aux pasteurs de monter en chaire, quand
il est constant que partout les discours sacrés
se succèdent avec la rapidité de l'éclair? Si tout
le monde n'y court pas, c'est peut-être la faute
des prédicateurs, et nullement celle de la CHARTE.
Dans quel lieu de la France a-t-on persécuté les
missionnaires? On a pu dire qu'ils étaient assez
inutiles, puisque les pasteurs ordinaires avaient
toute la piété et toutes les lumières nécessaires
pour remplir dignement leurs fonctions..... mais
on a couru en foule les entendre. On a regardé
messieurs les missionnaires avec quelque éton-
nement sans doute; on a plus ou moins bien
raisonné sur leur nombre, sur les airs d'opéra
appliqués aux louanges de Dieu, et qui ne rap-
pelaient pas des souvenirs fort édifians; sur ces
espèces de foires établies à la porte de nos temples, où de jolies marchandes semblaient mettre à l'enchère le signe le plus auguste de notre
religion....... On a pu faire certains rapproche-
mens maladroits sans doute de ce qu'ils disaient
parfois avec ce que d'autres missionnaires di-

saient aussi dans certains troubles politiques
dont l'histoire nous parle..... mais qui les a per-
sécutés ? Quand ils n'ont prêché que le dogme
et la morale, n'ont-ils pas été écoutés avec le
plus grand plaisir ? Quand ils ont anathématisé
notre révolution d'une manière plus ou moins
prononcée, quoique tout cela fût fort inutile,
et même contre le véritable esprit de l'évangile, et contre la volonté du Roi, qui veut que
sous les auspices de la Charte tout soit définitivement oublié, qui leur a reproché cette erreur,
fille d'un zèle qui s'égare ? personne. On a ri
de leurs réminiscences déplacées dans les temples du Dieu qui pardonne ; mais on ne les a
point troublés dans l'exercice de leur ministère.
On a pu dire seulement que ce ministère eût
été d'une plus grande utilité parmi les hommes
que les lumières de la foi n'éclairent point encore, qu'au milieu d'un peuple qui sait sa religion, et qui ne manque pas d'excellens prêtres
pour la faire aimer.

Ah ! comme ils eussent été vénérés eux-mêmes,
s'ils eussent fait retentir les nombreuses chaires
où ils montaient des cris d'une réconciliation générale ; si , tout en nous parlant du bonheur
céleste , ils nous eussent indiqué les vrais moyens
de trouver enfin la paix et le bonheur sur la
terre ! Que de respect et de reconnaissance ils

auraient conquis, si, se conformant au véritable esprit de l'évangile, ils nous eussent, au nom
du dieu qui en fut l'inspirateur et le héros,
fait comprendre que la plus grande preuve de
notre amour pour la religion était d'oublier les
causes connues ou secrètes de nos malheurs,
et d'aimer la CHARTE que le Roi nous avait donnée...... s'ils s'étaient efforcés, avec un zèle vraiment chrétien, de prouver aux orgueilleux qu'il
faut soumettre enfin ses passions à la morale
évangélique, à la volonté sacrée du Roi, et à
la volonté universellement démontrée de la plus
saine partie de la nation française, et sans contredit la plus brave et la plus éclairée...... s'ils
s'étaient servis de tout l'ascendant de leur auguste ministère pour prouver à tous les extra-
vagans, de quelque couleur qu'ils soient, qu'il
faut qu'ils renoncent à leurs folies, et qu'il est
ridicule de chercher le mieux dans ce qui est
définitivement usé, et la perfection dans des
chimères destructives de l'ordre social..... si, mus
par la charité la plus brûlante et la plus sainte,
ils eussent annoncé aux nombreux fidèles qui
les écoutaient en admirant leurs talens, qu'ils
peuvent et doivent aimer la liberté de leur patrie, puisque la religion en est déclarée insé-
parable par la CHARTE et par les lois...... Quoi
qu'il en soit, les missionnaires, sous mes yeux,

ont parcouru leur carrière ; ils ont attiré une foule prodigieuse ; ils ont suspendu tous les plaisirs d'une époque de l'année approuvés depuis des siècles nombreux par une sage politique, protectrice des arts et du commerce....... Mais, encore un coup, vous vous trompez, M. le Conservateur, *on n'a point persécuté les missionnaires..........*

Vous dites enfin, M. le Conservateur, *que l'évangile est soumis à la police.............* Cette phrase........... mais que répondre à cette phrase si elle ne signifie rien ? Je me trompe ; elle signifie beaucoup. Il me semble deviner le sens profond qu'elle renferme........... Je m'arrête de peur de voir un gouffre qui me ferait frémir...... Oh ! ma chère patrie, tu adores l'évangile et son auteur, et ta police n'oserait outrager ni l'un ni l'autre. *Elle sait bien qu'elle n'a que le droit de surveiller et faire punir ceux qui interpréteraient mal le premier avec des intentions secrètes, et qui défigureraient la volonté du second............*

Ah ! M. le Conservateur, il vous déplaît fort de ne pouvoir convertir que ceux qui n'ont pas encore fait un examen raisonnable de leur conscience, et qui répètent, d'après vous, que la *religion* est perdue, sans se donner la peine de la chercher sincèrement pour le plus grand profit de leurs ames, et qui s'en vont partout disant aussi que les prêtres ne consolent ni le malheur ni la vieillesse, quand nous voyons à chaque instant nos pasteurs, vraiment fidèles à l'esprit de l'évangile, leur distribuer les secours de la bienfaisance, et tous les trésors de notre sainte religion.

Tout ce paragraphe, sur lequel je viens de vous présenter mes petites observations, n'est, comme une grande partie de ce que vous écrivez, qu'un sophisme en plusieurs membres, qui n'a pour substance que des phrases phosphoriques, pour développemens que des erreurs de fait, et POUR SECRET......... Mais, qu'ai-je besoin de le désigner! Il saute aux yeux qui ne sont couverts ni par le bandeau de l'orgueil, ni par celui de la plus vile ignorance.

M. le CONSERVATEUR, avec de l'esprit et quelque adresse on peut se faire lire ; ce n'est qu'avec de la raison et de la candeur qu'on se fait croire, et qu'on écrit à merveille.

« Au reste, nous ne doutons point que l'Europe ne » soit menacée d'une révolution générale....... »

Je conçois que votre génie CONSERVATEUR des belles choses antiques doit craindre de se trouver en défaut, et de n'avoir pas le pouvoir d'arrêter ce torrent dont la raison, de concert avec

l'expérience,

l'expérience, viennent d'élargir la source d'une manière assez originale, et qui semble s'étendre sur l'Europe avec autant de force que de majesté. Que voulez-vous ? il ne fallait pas, quand les premières eaux de ce torrent commencèrent à couler, lui opposer des digues *usées par le temps* ; il fallait en laisser couler une quantité suffisante ; *avec un peu d'adresse, et sans effort, on eût arrêté le reste...........*

Vous dites ensuite que cette révolution générale ne sera que la conséquence de *l'affaiblissement du christianisme.........* erreur qu'il faut mettre au nombre de toutes celles qu'on vous reproche. En quoi, M. le Conservateur, faites-vous donc consister la force du christianisme ? Est-ce dans les titres gothiques et mondains d'*éminence*, de *prince de l'église*, de *grandeur*, d'*abbé*, de *général de capucins*, que se trouve cette force ? Si elle est là, elle n'est donc pas dans l'évangile qui jamais ne donna ces noms fastueux aux successeurs des apôtres, qui, tout grands saints qu'ils sont dans le ciel, ne furent tout bonnement que de simples roturiers sur la terre. Est-ce donc dans les écus que possédaient autrefois ces messieurs ? mais notre divin maître et ses disciples ne leur laissèrent en héritage que le droit d'instruire les hommes, et non celui de spéculer sur la morale évangélique,

au plus grand avantage de leurs bourses. Le
prêtre doit vivre de l'autel sans doute, et vivre
honorablement ; mais nulle part il n'est dit qu'il
possédera un tiers de l'univers, et tous les dix
ans, en vertu des dîmes, les fruits de l'univers
tout entier. Si les pauvres sont les membres de
Jésus-Christ, pensée sublime et la plus atten-
drissante qui jamais ait été écrite, pourquoi ses
ministres ont-ils dédaigné de faire partie de ses
augustes membres, pour avoir des palais somp-
tueux, d'excellens cuisiniers, de beaux carros-
ses, et de grands laquais ?

La force du christianisme est dans le for
intérieur de ses respectables ministres. Elle ne
part et ne peut partir que de là. Les âmes
seules l'enseignent, la sentent, s'en pénètrent,
et sont subjuguées par elle. L'or, qui parle aux
yeux, perd son effet sur les bons cœurs ; et le
signe sacré de notre rédemption EN BOIS me rappelle la vie pénible du Dieu qui, pour nous,
voulut expirer sur lui. Les diamans qui l'en-
richissent me font souvenir que les vertus du
christianisme furent presque toutes et trop souvent sacrifiées à l'amour des richesses.

« Toujours la chute d'une religion a entraîné la chute
» des empires. »

Quel est, M. le CONSERVATEUR, l'empire qu'une
religion ait entraîné dans sa chute ? vous m'obli-

gerez de me le faire connaître : l'histoire n'en parle pas........ C'est encore une de vos pensées vides de sens , que certaines personnes admirent, parce qu'elles ne pensent pas elles-mêmes. Quand la république romaine disparut, la religion mythologique resta. Quand Constantin , dit le grand par les uns, dit l'usurpateur par les autres, dit le saint par ceux-ci, dit le tyran par ceux-là, transporta l'empire romain sur les bords du Bosphore, la même religion conserva ses autels sur les rives du Tibre. Quand l'empire des grecs fut anéanti pour faire place à celui des turcs, ce ne fut pas la chute du christianisme qui lui donna la mort, car tous les jours, immédiatement avant leur arrivée, il se fesait un saint; de très-grands génies défendaient le christianisme, et les plus augustes vertus ne cessaient d'édifier les chrétiens. Quand l'Angleterre secoua le joug des papes, fut-elle réduite à zéro, quand nous voyons sa gloire , sa puissance, ses richesses, ses lumières et sa liberté étendre sa domination dans les deux mondes et sur toutes les mers? Quand, de nos jours, la même Angleterre a perdu ses colonies, devenues *états-unis d'Amérique*, est-ce la chute de la religion qui a causé cette catastrophe politique?... Ah! M. le CONSERVATEUR, cessons de faire des phrases : on n'en est plus la dupe. L'orgueil qui

travaille dans l'ombre, l'ambition qui dévore, la
perfidie qui distribue ses poisons, la férocité qui
abat ses victimes, l'ignorance qui chérit les ténèbres, la superstition qui tourne les têtes et cor-
rompt les cœurs, la lâcheté qui dégrade les âmes,
l'imposture qui triomphe sous le masque de la
vérité....., voilà les seules causes qui préparent,
hâtent et déterminent la chute des empires. Sans
doute le christianisme a puissamment concouru
à la civilisation de l'Europe. Sa morale est sans
contredit la plus parfaite de toutes, puisqu'il
est constant qu'elle émane de Dieu lui-même;
mais cette morale sacrée ne s'oppose point à la
perfection de l'ordre social, et ne veut point
étouffer les cris de la raison qui, tout en se
soumettant aux dogmes d'une religion révélée,
n'a pas perdu le droit de chercher le mieux sur
la terre, de le reconnaître et de le fixer.

Ainsi donc, M. le CONSERVATEUR, ne faites
point à la révolution française une fausse application du plus faux de tous les principes.
La chute d'une religion ne fait pas tomber un
empire. Une religion ne s'affaiblit point parce
que l'ordre social s'améliore, et parce que la
raison remonte sur le trône d'où la firent descendre un faux honneur, de vils préjugés dis-
séminés par la perfidie, et consacrés par l'ignorance. Je n'ai rien à dire au reste de ce para-

graphe; il ne m'a fait voir qu'une bulle de savon;
je l'abandonne aux enfans. Mais, en finissant de
m'entretenir avec vous, permettez que je vous
remercie, au nom de la grande majorité des
français, du petit compliment que vous leur
faites le plus honnêtement du monde.

« Tout stupides de révolution, tout hébétés de phi-
» losophisme, mélange de niaiserie et d'orgueil, nous
» nous croyons des hommes forts, parce que nous per-
» sécutons les gens de bien, que nous nous entendons en
» police, et que nous savons combien de millions d'œufs
» rapportent les poules en France. »

Nous voyons bien que vous parlez de quelqu'un qui, venant au monde, ne trouva pas de
parchemin, et qui en a attrapé dans la grande
carrière qu'il parcourt; mais nous sentons aussi
que ce compliment nous regarde un peu. Voilà
donc que, selon M. le Conservateur, la révolution nous a rendu tous bêtes..... que les grands
principes d'une sage liberté ne sont que les enfans de *l'orgueil et de la bassesse* amalgamés
ensemble par le *philosophisme.*...... L'Angleterre
libre, sous un monarque vénéré, n'a donc que
des *brutes* dans son sein..... Les étas-unis d'Amérique ne se composent donc que de *Jocrisses*...
la suisse de *Cadets Roussels*..... et notre auguste
Monarque, en nous donnant la Charte et con-
quérant tous les cœurs généreux, ne nous a fait

cadeau que d'un joujou pour amuser des IM-
BÉCILES !!!!!!!!!.......... Tous les génies de la France
n'ont été que des *oisons*, et tous ceux qui brisent
les *éteignoirs* ne sont aussi que des *Rico*....... Et
qu'est donc M. le CONSERVATEUR de la CHARTE,
lui qui veut *conserver* cette CHARTE, qui n'est
sincèrement défendue que par des *dodinets*? Si
la charte n'est que du *philosophisme*, pourquoi
s'en déclare-t-il le champion à la face de l'univers? Ne craint-il pas qu'on ne le confonde avec
tant de *sots* qui la défendent de bonne foi, et
qui, fort amateurs d'omelettes, ne s'occupent qu'à
*compter les œufs que pondent les poules fran-
çaises?*........

O désastreux effet des préventions! faut-il que
l'un des plus précieux talens de France se mette
aussi hardiment en contradiction avec lui-même.
Il est donc vrai que selon M. le CONSERVATEUR
la charte n'est qu'une mauvaise plaisanterie; que
ceux qui en développent les conséquences ne
sont que de mauvais plaisans, et que ceux qui
la veulent ne sont que des idiots et des *persécuteurs*............ Où en sommes-nous? où irons-
nous, si nous nous laissons conduire par M. le
CONSERVATEUR? Nous irons tout juste au temps
où les jeunes épouses n'étaient épousées qu'en
secondes noces par leurs premiers maris; où
les sorciers fesaient trembler nos vieilles; où les

morts procréaient des enfans ; où ceux qui ne
savaient pas lire écrivaient des lois admirables ;
où la gloire des rois et le bonheur de vingt
millions d'hommes étaient sous la dépendance
d'un favori ou d'une jolie favorite ; ou l'innocence subissait un supplice pour qu'elle avouât
qu'elle méritait la mort ; où, où, où, où...........
Il est donc vrai que lorsque nous serons revenus là, nous aurons tous de l'esprit comme des
anges........... Honneur à M. le Conservateur ; il
aura bien conservé la Charte.

Vive le Roi ! Vivent les Bourbons ! Vive la
Charte et toutes ses conséquences.

C'est le cri de tous les français qui n'ont ni
orgueil ni *bassesse*, et qui ne sont pas des *sots*.

J'ai l'honneur de saluer M. le Conservateur,
et de lui promettre quelques autres petits bavardages sur les moyens *conservatoires* qu'il a
très-pieusement imaginés.

_____

l'auteur du livre
sans Titre

VI.ᵉ LIVRAISON.

LIVRE

SANS TITRE, SANS PLAN, SANS SUJET ET SANS FIN, etc. etc. (*)

JE vous suis redevable, MONSEIGNEUR, de la fin du *Souper de Famille*, et de quelques fragmens de mon épître dédicatoire. Je supplie votre plaisante INCOMPRÉHENSIBILITE, de m'accorder quelques jours encore pour m'acquitter complétement envers elle. J'ose espérer que le petit échantillon de l'esprit patriotique et CONSERVATOIRE de M. Fiévée que je lui envoie le plus respectueusement du monde, ne manquera pas d'en faire la plus aimable des créancières. Vous avez paru, MONSEIGNEUR, assez content du premier hommage que j'ai rendu

---

(*) Le prix de la souscription à cet ouvrage de 400 pages, est 5 francs, franc de port.

ON SOUSCRIT, A TOULOUSE,

Chez Gallon-Fatou, Libraire, rue Saint-Rome :

Chez Meisonnier, Marchand de Musique, au Mont-Vésuve, rue Saint-Rome,

Et chez l'Auteur, rue Saint-Antoine du T, n.º 13, près la place Saint-George.

au GRAND CONSERVATEUR dans ma cinquième
livraison ; c'est encore un tribut de mon admiration que je lui paye aujourd'hui. Il faut
prouver à ces messieurs, que si leur génie, et
leur zèle pour la gloire et le bonheur de leur
patrie, sont *délicieux*, nous savons en sentir tout
le prix, et leur donner les preuves authentiques
de notre reconnaissance.

PETIT MOT

Sur certains petits passages de certain petit article qui commence la vingt-neuvième livraison du GRAND CONSERVATEUR.

ON ne se lasse point d'admirer le zèle, la candeur et les talens de ceux qui travaillent à ce chef-d'œuvre vraiment français, qui doit être exclusivement et à tout jamais l'impénétrable bouclier du Roi, de la Charte, et de tous les honnêtes gens de la patrie. On ne se dévoue point avec plus de courage; et jamais écrivains ne durent obtenir plus de reconnaissance, comme je crois l'avoir plus ou moins démontré dans certain commentaire très-modeste sur certain article de certain collaborateur de M. Fiévée, qui mérite bien de m'occuper à son tour aujourd'hui. C'est lui qui prend le premier la parole dans la livraison dont il s'agit. C'est un ange protecteur qui parle, et qui toujours parle à ravir, comme chacun sait. On a d'abord quelque peine à le comprendre, parce que tout le monde n'a pas *le mot de l'énigme;* mais, dans le fait, il ne faut s'en prendre qu'au défaut de sa propre intelligence, et nullement au génie de M. Fiévée, qui d'ailleurs jase comme le plus joli merle *blanc* du monde.

Par exemple, il faut être juste. Il commence par un aveu qui lui fait infiniment d'honneur. Qui rend hommage à la vérité, est digne aujourd'hui des plus grand éloges. Chantons en chœur les louanges de M. Fiévée.

Il dit tout bonnement..... qu'il a plusieurs fois imprimé que lui et ses co-opinionnaires aiment assez les fautes en politique, parce qu'elles profitent toujours à quelqu'un......

Prenons acte de cet aveu; en temps utile il pourra nous servir. Eh ! nous le savons bien que ces messieurs aiment tendrement ces fautes-là. Il ne faut donc plus s'étonner de toutes celles que très-adroitement, depuis trente ans, ils ont fait commettre en très-grande abondance avec leur très-grand esprit. Ils avaient depuis plusieurs siècles le secret admirable de faire faire aux bonnes gens toutes les sottises qui convenaient le mieux à leurs petits intérêts; c'est précisément ce qui faisait qu'ils en PROFITAIENT à merveille ; c'est aussi ce qui faisait qu'ils attrapaient honneurs, argent, impunités, flagorneries, et que les *fauteurs* n'avaient pour eux que les sorciers, la misère, l'esclavage, les dédains, et les contes *de ma grand'mère.......* Ce qui prouve encore qu'ils savaient fort bien en PROFITER , c'est que de nos jours ils en ont tiré excellent parti. Mais M. Fiévée oublie sans doute qu'à force de

faire des sottises , on finit par apprendre à n'en
plus faire. Le plus grand étourdi du monde
peut fort bien, avec le temps, prendre certain
à plomb , et voir tous les ressorts qui jouent
dans l'ombre, pour le faire jouer lui-même
comme un imbécille : voilà tout juste ce qu[i]
est arrivé au très-grand déplaisir des antiques
directeurs des marionnettes françaises.

Toutes les vanités , toutes les ambitions , tous le[s]
partis qui sont enrôlés sous la bannière *des intérêt[s]*
moraux de la révolution, ont fait tant de fautes depuis
trois mois , que leur position devient de jour en jour
plus embarrassante......

Gardez pour vous et pour vos amis , M.
Fiévée, vos *vanités* et vos *ambitions*..... Depuis
trente ans nous combattons pour les vaincre,
et nous n'en recevons ni le mot d'ordre , ni le
plan de bataille. Ce n'est pas pour leur dédier
de nouveaux temples que nous brisons les
autels antiques sur lesquels elles sacrifièrent
la raison et l'honneur du genre humain. Sachez
aussi que tous ceux qui veulent sauver le *sinté-*
rêts moraux de la révolution, ne forment qu'un
parti , parce que tous ces intérêts se réduisen t
à un seul sentiment. C'est un amour vrai pour
le Roi et pour son auguste famille , pour la
Charte et pour toutes ses loyales conséquences. Permis à vous , si cela vous amuse , de voir
plusieurs partis ; mais permis à nous aussi de

vous dire que vous n'avez pas le plaisir de les
voir , et que vous voudriez , vous et les vôtres,
en compter une demi-douzaine , parce que ,
inter duos litigantes tertius gaudet..... Il serait
plus facile alors de les écraser tous après les
avoir fait battre entre eux , et de planter triom-
phalement ensuite sur les vaincus et les vain-
queurs affaiblis , la bannière du BON VIEUX
TEMPS... Mais tout s'use , voire même le CONSER-
VATEUR , quoiqu'il soit tout neuf ; et c'est grand
dommage.

Sachez , monsieur , que nous ne connaissons
en France que deux partis comme en 1789 ;
où nous sommes revenus tout juste , après
nous être égarés sur plusieurs routes opposées
(tout en cueillant force lauriers cependant),
par la seule faute de quelques conducteurs fort
mal choisis ; les uns voulant un roi et la liberté,
les autres un roi , des roitelets et des esclaves ;
ceux-ci voulant l'impossible , et ceux-là ne sachant ce qu'ils voulaient. Mais une seule couleur suffit aux premiers , si elle est le signe de
la réparation de nos malheurs , et la récompense de nos efforts. Quoi que vous en disiez ,
notre position n'est nullement *embarrassante.*
Il n'y a vraiment d'*embarrassés* que ceux qui
ne sacrifient qu'à l'orgueil , et qui sont incapables de le sacrifier lui-même au bien de
leur patrie.

Fiers des petits avantages qu'on ne leur dispute même plus, ils se vantent d'être au moment de triompher, et ils savent, aussi bien que nous, que l'heure de leur défaite se confondrait avec le signal de leur prétendu triomphe....

Oui, nous sommes fiers de la gloire de notre patrie, aussi grande dans ses revers que dans ses prospérités; nous sommes fiers de l'affranchissement de notre raison, et du prince qui en a reconnu et proclamé les droits. Vous conviendrez, ou vous n'en conviendrez pas, cela m'est fort égal, que cette fierté est pour le moins aussi légitime, que les efforts de tous les Conservateurs du monde pour dégrader la première, pour anéantir la seconde, et pour faire, si cela se pouvait, douter de la loyauté du Roi, sont barbares, injustes et ridicules. Vous avez beau défigurer les intentions des vrais amis de la Charte ; vainement vous efforcez-vous de les désigner comme les ennemis de son auguste auteur; vainement, par des sophismes, par des espèces de pensées et par des périodes entortillées, condamnez-vous les ames généreuses à se méfier de celles qui leur ressemblent, à redouter le dévouement qui les entraîne elles-mêmes vers les améliorations politiques qu'ont indiquées l'expérience et tous les génies de l'univers.... la marche

triomphale de la raison a commencé , la fête
finira au bruit des applaudissemens de tout le
genre humain , et aux cris cent millions de fois
répétés de vive le Roi, vive la Charte française , et vivent les Bourbons.

Mais vous dites aussi tout bonnement qu'*on
ne nous dispute plus les petits avantages* dont
nous *sommes si fiers....* Vous faites le fin ,
M. Fiévée ; mais le bout de l'oreille perce ,
ou, pour mieux dire , l'oreille se fait voir toute
entière , ce qui n'est pas une bagatelle.... Et
certaine *motion* qui vient de faire tant de
tapage , qu'on croirait presque avoir été faite
exprès pour connaître la véritable opinion
publique , et pour qu'elle se prononçât vigoureusement , qui sur-tout a tant fixé les yeux sur
l'un de nos anciens ambassadeurs ! et certains
articles *secrets* ou publics de certain Conservateur à qui vous tenez de si près ! et certains
verbiages de la *Quotidienne* , et autres !... et
certains ampoulages du fameux *Drapeau-Blanc* ,
qui n'est pas le pavillon français, parce qu'il
est barbouillé de rouge et de noir !.... et certaines courses mystiques qui nous étonnent fort ;
et ne nous édifient guère !.... et certaines
criailleries de certains sallons !.... et certaines
prophéti s de certains châteaux !.... qu'est-ce
que tout cela signifie donc , si cela ne signifie pas
que la *dispute* , après trente ans , n'est pas

encore finie, et qu'elle recommence tous les jours ?

De quel triomphe parlez-vous encore, M. Fiévée ? oubliez-vous que nous sommes rassasiés de triomphes, et que nous en avons à revendre ? Nous n'en désirions plus qu'un ; nous l'avons obtenu, et vous en trouverez une fort jolie description dans la CHARTE.... Tous les vrais Français n'en demandent pas davantage. Rayez, je vous prie, de vos papiers le mot DÉFAITE.... Vous n'êtes pas accoutumé, en parlant de vos prouesses, de vous servir légitimement de ce mot. Gardez ce qui vous appartient, et sachez que le seul SIGNAL que nous donnerons ne sera jamais qu'un appel à la fidélité que nous jurons au Roi, à sa FAMILLE, à la CHARTE.... et, s'il faut encore un triomphe pour les faire triompher ensemble..... NOUS TRIOM-PHERONS.

Cet oracle est plus sûr que celui DES CALCHAS.

Il ne leur reste qu'une ressource, c'est d'attirer les royalistes actifs dans un piége, de leur faire commettre une de ces fautes graves dont les FACTIEUX profiteraient d'autant plus aisément, qu'ils auraient eux-mêmes tout conduit de longue main. En un mot, à moins D'UNE CONSPIRATION ROYALISTE ayant quelque apparence de réalité, LES ENNEMIS DE L'ORDRE DE SUCCESSION AU TRÔNE, LES PARTISANS DU DESPOTISME, les PRÉDICATEURS DE LA RÉPUBLIQUE, ne se tireront pas de la position difficile dans laquelle ils se sont mis. Il est donc tout simple que les partis les plus opposés dans leurs prétentions , s'entendent encore une fois pour qu'il y ait CONSPIRATION ROYALISTE....

M. Fiévée nous dira encore que lui et ses amis ne nous cherchent plus *dispute.* Fiez-vous à leurs paroles. Plus on leur prouve qu'on a raison , plus ils s'agitent avec force ; plus on les entend jeter les hauts cris, plus ils imaginent de chicanes. Eh ! qu'avons-nous besoin d'accuser ces messieurs de CONSPIRER , si par les écrits de M. Fiévée et autres , ils s'accusent eux-mêmes ? Car enfin , s'ils traitent de FACTIEUX ceux qui aiment sincèrement la CHARTE, ceux qui la veulent telle que le Roi nous l'a donnée , ceux qui en font découler les conséquences naturelles et nécessaires ; s'ils osent les désigner comme les *ennemis de l'ordre de succession au trône....* est-ce que tout cela ne ressemble pas à quelques petits moyens innocens pour nous *disputer* les petits avantages *dont nous sommes si fiers ?* Sommes-nous *les ennemis de l'ordre de succession au trône* , si nous défendons de toutes nos forces la CHARTE qui consacre à jamais le trône des Bourbons ? Il me semble , au contraire, que plus nous nous attachons à cette CHARTE, plus nous nous rendons inséparables d'une famille que tout nous porte à chérir , et qui a les droits les plus sacrés à notre fidélité. Pourquoi donc M. Fiévée nous désigne-t-il comme *ennemis de l'ordre de succession au trône* ? N'est-ce pas nous chercher une querelle d'allemand , en écrivant en gascon avec une plume normande ?... M. Fiévée prétend aussi que les *partisans du despotisme* , et *les prédicateurs de la république* , s'entendent pour l'accuser lui et ses amis de CONSPIRATION ROYALISTE.... Comment est-il possible que ceux qui en 1789 brisèrent courageusement la verge du despotisme , soient devenues en 1819 les partisans de ce despotisme-là que M. Fiévée défend si bien lui-même avec le livre qui s'appelle CONSERVATEUR ? Que veulent dire ces mots, *prédicateurs de la république?*... Dans quels lieux leurs chaires sont-elles donc établies ? où sont les Français assez foux pour aller les entendre ? Quand cesserez-vous donc, M. le conservateur Fiévée , de nous donner des paroles pour des pensées , de mauvaises drogues pour des remèdes , des suppositions empoisonnées pour des vérités utiles ? Il faut que vos ressources soient terriblement épuisées , pour que vous soyez réduit à vous servir de celles dont vous faites un usage aussi pitoyable. Vous vous cramponnez sans-cesse aux erreurs d'un peuple qui tout en proclamant les grands principes de la raison , et les adages immortels de la politique la plus loyale , luttait à la fois

contre les sottises de la vieille Europe ; et contre
tous les canons de la nouvelle. Vous feignez
d'ignorer quelles furent les causes secrètes et
profondément perfides qui propagèrent ces
erreurs , et vous vous en faites une arme pour
frapper sans relâche les amis sincères d'un gouvernement qui cicatrise toutes les plaies , qui
satisfait à tous les vœux de la sagesse , qui
couronne le patriotisme le plus pur , et qui
ravive l'amour naturel des Français pour
l'auguste famille des Bourbons.... Allez , M.
Fiévée, allez votre train : bon courage ; bar-
bouillez force *noir* pour faire croire que vous
êtes plus blanc que nous ; jetez tant que vous
pourrez des bâtons dans les roues. Les verges du
despotisme , de quelque genre qu'il soit , n'en
seront pas moins brisées. Malgré vous , nous
arriverons à une république ROYALE , et nous
y trouverons un Roi qui la gouverne à merveille ;
des statuts qui la fortifient à ravir , des flambeaux qui l'éclairent à miracle , et des citoyens
fiers de leurs victoires dont vous ne parlez
jamais , fiers de leurs lois que vous n'aimez pas ,
fiers de leur prince et de sa famille que nous
aimons plus que vous ; car nous les aimons
pour eux , et non pour nous ; car c'est à notre
Roi que nous devrons , je l'espère , la liberté
de notre patrie dont vous ne vous souciez
guère ; et dont nous raffolons , sans être , comme

vous avez l'audace de le dire , ni *ennemis de
l'ordre de succession au trône* , ni *partisans du
despotisme* , ni *prédicateurs de la république.* Ah !
M. Fiévée , que vous êtes malin ! mais on vous
DEVINE....

Nous savons qu'on travaille à une conspiration royaliste avec activité sur plusieurs points de la France ; et
déjà quelques journaux anglais se disputent pour
savoir si les dix mille où cent mille fusils sont pour les
royalistes , ou pour les partisans du gouvernement de
fait, etc. etc. etc.

*Tout le reste de ce fragment de l'article de M. Fiévée n'est
qu'un bavardage qui ne mérite nulle réponse.*

A quoi bon , s'il vous plaît , tout cet étalage
que fait M. Fiévée sur ces dix mille ou cent
mille fusils vendus *amicalement* par les Anglais ,
soit aux royalistes , soit aux partisans *du gouvernement de fait?* Il est fin , M. Fiévée , mais , encore
un coup , on le *devine...* Taisons-nous sur ces fusils. Je suis bien sûr qu'il est fâché qu'on ait eu
l'indiscrétion d'en parler.... cela peut déranger
certaines petites idées... Au reste , que ces fusils
anglais aillent où ils voudront , c'est au gouvernement français à ne pas les perdre de vue
S'ILS VOYAGENT , OU S'ILS SONT ARRIVÉS.... Ce qu'il
y a de certain , c'est que si réellement on en
fait une emplette mystérieuse , il y a à parier
qu'ils coûtent plus cher aux amis de M. Fiévée
qu'aux vrais amis du ROI et de la CHARTE.

Qui signifie encore ce titre de *royaliste* que
M. Fiévée affecte de ne donner qu'à ses amis,
qui ne paraissent pas grands amis de la CHARTE ?
Nous sommes tous ROYALISTES, M. Fiévée....
Tous les filets sont usés, tous les nuages ont
disparu, tous les masques sont en poussière : le
grand problème politique est résolu ; l'expérience a jeté son éclat; la raison a prodigué
ses oracles ; les lois, les bons esprits et les bons
cœurs ont consacré le trône des Bourbons, et
nous sommes tous là pour le défendre en
dépit de tous les acheteurs de fusils anglais,
quels qu'ils soient. La CHARTE s'appuye sur le
trône, le TRÔNE sur la CHARTE ; L'AMOUR de
tous les bons Français les lie l'un à l'autre, et
cela fait tout juste une TRINITÉ POLITIQUE
charmante, dont nous sommes tous fiers et
contens, et que tous aussi nous saurons défendre sans avoir recours aux *fusils anglais*, parce
que nous savons les fabriquer en France, et
très-joliment nous en servir.

On a beau affecter de ne donner le titre
de royaliste qu'à certaines gens, le piége est
grossier ; il saute aux yeux aussi promp-te-
ment que la mal-adresse de ceux qui osent le
tendre ; car en faisant deux classes de Français
qui doivent vivre sous le même gouvernement,
c'est laisser voir que les royalistes par excellence
ne l'aiment pas, et que ceux à qui ce titre est

refusé par M. Fiévée et autres, l'aiment de tout leur cœur

Oui, nous sommes tous ROYALISTES aujourd'hui; j'oserai dire que ceux-là seuls ne le sont pas, qui ne voulant qu'un certain genre de gouvernement pour eux, défigurent à chaque instant celui qui est fait pour tous, qui fut la pensée du prince légitime, et dont la fixité est le seul objet de ses vœux. Craignez, M. Fiévée, que la dénomination de ROYALISTE ne finisse par être un outrage, et par ne désigner que des FACTIEUX.

Terminons une lutte qui soulève l'indignation de l'Europe éclairée contre ceux qui l'excitent, et ne cessent audacieusement de l'entretenir; qui vivifie l'erreur d'un côté, en faisant fermenter l'orgueil, et qui fait bouillonner l'ignorance de l'autre, en la trompant par des mots vides de sens, ou remplis de poison. CESSEZ DE CRIER A L'IRRÉLIGION; ce n'est pas parmi ceux qui crient le plus contre elle que se trouvent les vrais croyans.... Au JACOBINISME.... vieux mot sans signification aujourd'hui, avec lequel on eut l'art perfide de défigurer les amis de la régénération française, et qu'on affecta de confondre avec les intrigans que les ennemis de cette régénération même lancèrent au milieu d'eux pour les écarter de la route qui devait les conduire au plus noble des triomphes.... A

L'USURPATION... Un seul homme usurpa le pouvoir. Les braves qu'il égara furent les dupes de leur propre gloire ; s'il s'éleva avec la rapidité de l'aigle, il tomba avec la rapidité de la foudre : VIVE LE ROI !.... Si les cris de la liberté furent pendant quelque temps étouffés par les cris de la victoire, notre Roi, en ramenant la paix, leur a permis de se faire entendre de nouveau ; ils retentissent sur tous les points de notre chère patrie, et se confondent avec ceux de la plus vive reconnaissance. Ils étoufferont à leur tour ceux de l'orgueil, et les gothiques accens de la barbarie... A L'IGNORANCE.... Ah ! M. Fiévée, le soleil ne serait-il éclipsé que pour vous ? C'est sans doute à ce phénomène incompréhensible que vous êtes redevable du malheur de ne savoir ce que vous écrivez.... A la CUPIDITÉ, à la DUPLICITÉ, à la PRÉSOMPTION.... Bavardage, M. Fiévée, bavardage.... argumens usés, et si faciles à rétorquer contre vous, que la plus grande partie de ceux qui ont lu cet article, a d'abord cru que vous ne parliez que DE VOUS et DE VOS AMIS. Vous et vos CO-CRIEURS ressemblez au fameux *chevalier de la triste figure*, qui allait se casser le nez contre des moulins à vent, et qui était le plus grand des héros pour *pourfendre des chimères*.

Enfin, rayez aussi de vos papiers les mots de

dupes et de *factieux.* Les DUPES sont les imbécilles qui courent après des bandeaux fabriqués il y a douze siècles, et les FACTIEUX
sont ceux qui en fabriquent encore, et qui
veulent toujours en distribuer.

L'Auteur du livre sans titre.

C'est singulier, en répondant tant bien que
mal à M. Fiévée, je me suis souvenu *tout à
coup* de l'histoire de M. LAFLUTE que je vous
ai promise, MONSEIGNEUR.. Il faut que je vous
tienne ma parole. Votre INCOMPRÉHENSIBILITÉ
apprendra en même temps celle d'un très-grand
nombre D'HONNÊTES GENS qui n'ont jamais tran-
sigé avec les principes D'UN BEAU GOUVERNEMENT ;

Car ils n'aspiraient tous qu'au BIEN de leur patrie.

HISTOIRE DE M. LAFLUTE.

Ce nom lui allait à ravir quand il demeurait,
il y a trente ans, rue des JEUNEURS à Paris ; car
son corps avait tout juste l'embonpoint de
l'instrument qui le porte, et le seul habit dont
il pouvait disposer avait pour le moins autant
de trous. Il a bien changé depuis qu'il demeure
rue des GALLIONS.

Quand il entendit parler de la fameuse ma-
ladie de MONSEIGNEUR, qui durait depuis tant

2

de siècles, et qui n'est pas encore guérie ;
malgré toutes les SAIGNÉES qu'on lui a faites,
malgré tous les ÉVACUANS qu'on lui a fait prendre,
et malgré l'orviétan de son nouveau CONSER-
VATEUR, il se mit au rang des médecins de
votre INCOMPRÉHENSIBILITÉ, et cria comme tant
d'autres, sans savoir ce qu'il disait, pour vendre
son spécifique, et pour mettre en crédit ses
ORDONNANCES. Il cria tant, qu'il se fit passer pour
un GUILLAUME TELL, et qu'on le crut vraiment
un BRUTUS, traduit du *latin* en *français*. Le
voilà parti ; il n'y a que le premier pas qui
coûte. De *motions* en *motions*, il avance vers
la fortune ; d'amendemens en amendemens, il
l'attrape. *Les petits se fâchent contre les grands,*
dit-il...... Puisque c'est la mode, fâchons-nous
contre eux........ *Les gens d'esprit s'évertuent,*
dit-il...... Eh bien ! évertuons-nous comme si
nous en avions, on nous prendra pour un
membre de la compagnie..... *On paye des gens*
pour fabriquer des opinions, dit-il..... Faisons-
nous journaliste, nous attraperons l'argent des
abonnés, et celui des grands directeurs de la
pensée publique. Avec une paire de ciseaux,
et quelques lignes de mauvaise prose, nous
ferons notre affaire. *L'ordre des JACOBINS a de*
grands bénéfices à sa nomination, dit-il........
Entrons dans l'ordre, et faisons nos vœux.....
Celui des CORDELIERS prend faveur, dit-il........

Vive les sandales aux pieds..... *Mais les FEUIL-LANS arrivent , et LES GENS COMME IL FAUT s'affublent de leur froc* , dit-il..... Vîte le capuchon blanc. Bref , il fut de tous les ordres , se moqua de tous les fondateurs , et pilla dans tous les couvens.

Il alla ensuite se *promener* dans la PLAINE , qui lui parut d'abord couverte de fleurs , et promettre les plus excellens fruits du monde ; mais quand il vit qu'elle produisait aussi des épines , et qu'elle avait un précipice , il grimpa bravement sur la MONTAGNE , se mit à hurler avec les loups , et fit si bien , qu'il fut tout ROUGE d'un côté , et BLANC comme la neige de l'autre ; mais il ne faisait jamais voir celui-ci , de peur qu'on ne se doutât qu'il prenait des deux mains.

Quand arriva ce fameux ouragan qui fit sauter la MONTAGNE avec ses loups , ses tigres , ses renards et ses serpens , il fut se placer finement parmi les *honnêtes gens* qui s'étaient RÉVEILLÉS , chanta leur chanson plus fort que les autres , et se fit le plus grand professeur de vertu qui eût jamais paru. Pour le prouver à la PATRIE , il fut le plus vert des champions des *cinq directeurs* du spectacle dont l'ouverture se fit alors ; ce qui fit qu'ils lui donnèrent à jouer le rôle d'un *fournisseur de l'armée* , qu'il joua dans la perfection , sur-tout dans les pièces qui étaient à son bénéfice.

Mais voilà un nouveau coup de théâtre qui survient comme une espèce de miracle. Un citoyen, avec un sabre dont il se servait à ravir, envoie les cinq nouveaux entrepreneurs au diable, et se met bravement à leur place pour le bonheur de la PATRIE.... Et voilà aussitôt. M. Laflûte qui jure que la plus belle chose du monde vient d'arriver ; qu'il *fallait ça* pour sauver la PATRIE, qui n'a plus de rechute à redouter ; et il prouva *ça avec un bon diplome de préfet à la main.....*

Mais voici bien une autre affaire. Le grand *pacificateur de l'Europe*, pour faire voir aux aveugles *qu'il n'y a plus de révolution* au profit de la liberté de la PATRIE qui est sauvée, annonce en grande cérémonie qu'il a résolu, pour faire plaisir à tout le monde, de mourir consul. M. Laflûte pensa aussitôt que rien n'était plus admirable qu'un citoyen qui mourait *consulairement*, et que la PATRIE devait, pour son honneur, en mourir de joie..... Et voilà M. Laflûte *conseiller d'état*, chargé de veiller au maintien de la liberté de la PATRIE.

Or, après ça il advint une drôle de chose, et qui, ma foi, fit grand plaisir à la PATRIE. Celui qui avait fait vœu de rendre son dernier soupir à *la romaine*, trouva dans un coin de sa chambre une vieille couronne de roi couverte d'un crêpe ; il en fait sans façon une couronne

à la romaine aussi , mais quand il n'y avait plus
de consuls que pour la forme , la met lestement
sur sa tête. M. Laflûte , pour prouver à la
PATRIE combien il était fidèle au serment des
hommes libres , trouva que cette couronne
allait comme un bijou sur la tête d'un consul ;
et voilà que le consul *impérialisé baronise* M.
Laflûte pour la gloire de la PATRIE.

Mais voici bien encore le diable. Un vent de
nord terrible fait tomber tout à coup la couronne escamotée à la PATRIE , et la porte tout
droit sur la tête auguste pour laquelle elle avait
été faite depuis mille ans..... Ah ! ah ! VOILA CE
QUE JE VOULAIS , s'écria M. Laflûte , quand il
fut bien assuré que C'ÉTAIT ÇA ; et il cria à tue
tête : La PATRIE EST SAUVÉE , la PATRIE EST SAU-
VÉE..... Et Laflûte joua l'air *vive Henri Quatre*
jusqu'au moment où , par malheur , il fut interrompu par le bruit de la voiture du ci-
devant consul décoiffé qui allait d'une île à
l'autre , et qui , en passant , reçut de M. Laflûte
le serment de mourir pour lui ; et il l'aurait
tenu comme tous les autres , s'il n'avait pas
été obligé de l'oublier pour faire plaisir à la
PATRIE , et à cause du vent qui soufflait.

Bref , M. Laflûte a si bien fait son compte ,
que chaque serment a pris la forme d'une
lettre de change tirée à son profit ; que la fortune a fait honneur à chaque échéance, et que

M. Laflûte a troqué le sien contre cent mille
francs de rente en jouant toutes sortes d'airs,
comme fait la machine dont il porte le nom.
Aussi, pour le bien de la patrie,

Il boit, il mange, il chante, il rit, et fait l'amour.

Cela n'empêche pas que, comme tant d'autres, il ne soit aujourd'hui l'un des *plus honné-*
tes gens de la PATRIE, et le champion le plus
intrépide du noble CONSERVATEUR. Cependant
on assure que depuis quelques jours il a repris
un faux air de LIBÉRAL quand il parle à certaines personnes; mais,

On a beau se masquer, le temps brise les masques.

AVIS A MONSEIGNEUR LE PUBLIC.

Vous n'ignorez pas, MONSEIGNEUR, que tous les Français
viennent enfin d'obtenir, comme c'était juste, le droit
de faire imprimer tout ce qu'ils voudront, excepté néan-
moins ceux qui n'ont pas d'argent, ce qui est admirable.
J'ai l'honneur de prévenir votre INCOMPRÉHENSIBILITÉ, qu'en
conséquence de cette liberté *incompréhensible*, je vais chercher de l'argent; mais comme je n'ai pas assez d'esprit pour
en trouver, parce que les gens d'esprit qui en ont n'ont pas
l'habitude d'en prêter aux gens d'esprit qui n'en ont pas,
il est assez vraisemblable que mon *Livre sans titre*, qui
va prendre peut-être celui de CHRONIQUE GÉNÉRALE
DES CONTRÉES MÉRIDIONALES DE FRANCE,.....
ne paraîtra plus que tous les mois. Mais je vous assure

que s'il se tait pendant trente jours, il saura se dédommager joliment de ce terrible silence. Il parlera de tout,
vous rendra compte de tout, rira de tout, mettra tout à
contribution, analysera tout, JOURNAUX, MINERVE, CON-
SERVATEUR, sous quelque forme qu'ils paraissent ; répondra à tout, et puis vous fera *contes* et *histoires* à dormir
debout, ce qui sera charmant au possible.

Dans quelques jours j'aurai l'honneur, MONSEIGNEUR,
de vous envoyer mon secret tout entier.

A TOULOUSE, de l'imprimerie d'Antoine NAVARRE.

LIVRE

SANS TITRE , SANS PLAN , SANS SUJET ET SANS FIN , etc. etc.

Monseigneur , après avoir donné à MM. les grands Conservateurs les preuves par écrit que leur secret est éventé , que les imbécilles peuvent seuls être leurs dupes , et boire leur poison ; après avoir également démontré à M. de la Bourdonnaie que nous avons sur les bords de la Garonne le sentiment de la gloire et de la force de notre patrie, et que, quoi qu'il en dise , il faut augmenter notre armée.... je vais avoir l'honneur de servir à votre incompréhensibilité la fin du souper de famille. Pour la dédommager de la patience qu'elle a mis à l'attendre , j'y joins un dîner qui lui fera faire connaissance avec M. de Jaquotin et le bon curé Thomas. Si ces deux repas ne satisfont pas complétement son goût et son appétit , je la prie, monseigneur, de ne pas oublier qu'il ne faut jamais être difficile avec un ami qui a fait de son mieux pour la bien régaler.

~~~~~~~~~~~~~~

SUITE DU SOUPER DE FAMILLE.

M. DE BALLONVILLE à *Liberfran , qui s'était beaucoup échauffé en parlant de la liberté de la presse.*

BOIS un grand verre d'eau , mon ami ; le feu doit être dans ton corps.

LIBERFRAN.

Il est au cœur pour la gloire de ma patrie.

M. DE BALLONVILLE.

Bon Liberfran , tu n'as pas de meilleur ami que moi, malgré la différence de nos opinions ; mais.....

LIBERFRAN.

Et morbleu, c'est ainsi qu'il faudrait que nous fussions tous. Nous ririons en cherchant le *mieux politique* , et certaines gens qui , au delà de la France , nous regardant faire , n'en riraient pas. Il faut convenir que les hommes sont bien foux avec leur raison dont ils font un si grand étalage. Ils ont devant les yeux le bien et le mal dans leur plus grande évidence. Cette belle raison leur en fait , pour ainsi dire , toucher au doigt la différence frappante. Eh bien , ils s'obstinent à soulever eux-mêmes ,

quand ils sont forcés d'y voir clair ; tous les
nuages qui obscurcissent la vérité , et donnent
bêtement à ces nuages toute la force de la vérité
elle-même.... Misérables imbécilles! pour avoir
l'air de n'être mus que par une opinion bien
sage et bien profonde , pour faire les HONNÊTES
GENS par excellence , ils se font une divinité de
l'erreur, et par le plus sot des amours propres ,
ils veulent bien en être les martyrs....... Mais
prenez-les en particulier ; sur cent , il y en
aura au moins quatre-vingts qui reconnaîtront
sincèrement la sagesse de tous les principes de
la liberté publique ; car il ne faut que le plus
simple bon sens pour la bien reconnaître. Eh
bien , par entêtement , par ton , pour avoir l'air
de jouer un rôle important dans le prétendu
beau monde , ils se livreront à toutes les fureurs
de parti ; ils défigureront les intentions les plus
généreuses , et porteront au ciel les perfidies
les plus atroces..... Souvent destinés par leur
naissance et par leur état à ramper dans la boue
aux pieds de ceux dont ils ont la bêtise d'em-
brasser la défense , et d'encenser l'orgueil , ils
justifient bien aujourd'hui ce qu'un de nos
poëtes disait autrefois :

Il est donc des mortels fiers de leur infamie.

Mais laissons là ces terribles réflexions ; elles
allaient dérouler à mes yeux le tableau le plus

effroyable. Jetons un voile épais sur les véritables causes de nos malheurs, et continuons en
famille, en bons amis, à nous servir réellement
de notre raison. Si nos têtes ne sont point
d'accord, que nos cœurs, s'il se peut, mettent
la paix entre elles, et ne cessent de s'entendre
entre eux. Passons à un quatrième article.

Tous les Français sont également admissibles
aux emplois civils et militaires.

M. DE BALLONVILLE.

Mais conviens au moins, vieux entêté, qu'il
ne restera rien à la noblesse, si la roture a le
droit de prétendre....

M. MINET.

Oh ça, c'est vrai, d'abord parce que....

LIBERFRAN.

Il lui restera l'obligation de chasser moins, et
d'étudier davantage. Les nobles s'occuperont
un peu plus de leur esprit que de leur orgueil.
Ils ne croiront plus que pour tenir un rang supé-
rieur à celui des autres, ils doivent être plus
ignorans qu'eux. Ils ne passeront plus leur
temps à admirer le bel effet de leur sot blason,
à se repaître de la fumée que les flatteurs leur
prodiguent à l'envi pour leur argent, par
bassesse, ou pour se moquer d'eux. Ils sentiront

comme ceux que j'ai connus, qui le sentaient à merveille, qu'ils sont hommes tout bonnement avant que d'être nobles, et que le génie et les talens sont les seuls titres de distinction qui honorent et servent réellement l'humanité quand la vertu les décore. Je te le demande, mon cher Ballonville, quelle nation sera la nation française, quand tous les états, également jaloux de la gloire de la patrie, cesseront d'être jaloux les uns des autres ; quand, abstraction faite d'orgueil d'un côté, et de bassesse de l'autre, ils sauront mutuellement s'estimer, et concourront tous ensemble à sa force, à sa gloire et à son bonheur. Qui osera l'attaquer, si les vertus, les talens et le courage lui fournissent les moyens de sa défense, et si cette fierté naturelle qu'inspire le sentiment de sa propre grandeur, multiplie dans son sein les grands magistrats, les profonds publicistes et les valeureux guerriers ? Honneur à la nation française, qui va posséder enfin une noblesse ouverte à tous les hommes qui serviront bien la patrie, et qui aura la magnanimité de s'enorgueillir autant du mérite des Français qui ne seront pas nobles, et de leurs droits à le devenir, qu'elle aura d'émulation pour s'en décorer elles-même ! Honneur au prince qui dit aux jeunes élèves de Mars, que CHACUN D'EUX PORTE DANS SA GIBERNE LE BATON DE MARÉCHAL DE FRANCE !...

pensée digne du monarque d'un peuple libre...
Elle prouve qu'il veut que la CHARTE triomphe de tous ceux qui la CONSERVENT pour la
détruire ; elle fixe toutes les idées , foudroie
les ennemis de la régénération française , et lui
garantit à jamais la reconnaissance de la patrie.

M. MINET.

Je ne raisonnerais pas mieux; il est de fait
que....

M. DE BALLONVILLE.

Ce diable de Liberfran m'ensorcellerait si
je le laissais faire ; il a des idées....

LIBERFRAN.

Qui tombent sur ton cœur , je le parie ; car
toutes tes erreurs en politique comme celles
de bien d'autres , n'appartiennent qu'à ta tête
mal façonnée dès l'enfance , et durcie par de
vieux préjugés qui ne se déracinent pas facilement , j'en conviens.

M.lle COCOTE.

Croyez-vous , mon père , que si Buonaparte...

LIBERFRAN , *avec la plus grande vivacité.*

Fille , taisez-vous , et jouez avec votre
minet. Ne parlez pas d'un enfant qui assassine
a mère. La liberté créa cet homme. Elle eût
définitivement expiré sous lui , si pendant qu'il
ravivait toutes les fureurs de l'ambition , de
l'orgueil et de l'intérêt , elle ne s'était réfugiée
au fond du cœur de ceux qui la créèrent elle-

même: Parle-nous du prince qui la proclame de nouveau, dont le nom va se rattacher à la plus brillante époque de l'histoire française, et qui couronne les guerriers qui lui dévouèrent à sa naissance leurs ames, leurs bras et leurs vies. Voyons à présent l'article relatif à la liberté individuelle.

La liberté individuelle est également garantie à tous les Français, personne ne pouvant être poursuivi ni arrêté que dans les cas prévus par la loi, et dans la forme qu'elle prescrit.

Je pense que tu es assez raisonnable, en dépit de ta noblesse, pour convenir que nul homme sur la terre n'a le droit de disposer de son semblable au gré de ses caprices ou de ses fureurs, et que...

M. DE BALLONVILLE.

Des phrases, mon ami, des phrases ! l'ordre social a ses principes, ses règles, ses moyens de force et de salut. Les théories sont bonnes sur le papier ; elles sont brillantes aux yeux des imbécilles ; un peuple idiot applaudit toujours à ceux qui les débitent pour le tromper. Mais l'homme sage va plus loin ; il sait que pour le maintien de l'organisation générale, et pour le bien commun, il est des cas....

M. Minet.

Oui , il est des cas qui...

Liberfran.

Il n'en est point. Est-il pouvoir plus odieux
que celui qui porte impunément atteinte à la
liberté de la créature naturellement douée du
droit de vivre libre , et de faire sans contrainte
ce qui ne peut nuire à personne ? Quand les
sociétés se formèrent, ce ne fut à coup sûr que
pour le plus grand avantage de tous , et la
clause la plus sacrée du contrat fut que chacun
vivrait en sureté , et jouirait de la plénitude de
tous les droits qui ne porteraient aucun préjudice aux autres ; comment se fit-il donc que
tant de victimes augustes ont dans tous les siècles
et sur tous les points de la terre succombé sous
les coups de mille tyrannies diverses? C'est que
l'orgueil et la cupidité des plus puissans ne
permirent point que les lois en imposassent
assez aux passions , pour que les plus forts eussent des devoirs rigoureux à remplir , et pour
que les droits des plus faibles fussent vigoureusement consacrés. L'impunité dès-lors devait
être assurée aux premiers , et toutes les sortes
d'injustices aux seconds , parce que celui dont
la volonté particulière peut impunément se
placer au-dessus des lois , reconnaît toujours
pour ses esclaves ceux qui n'osent ou ne peuvent la combattre. Mais quand les lois reçoivent

de l'assentiment général et de la souveraine justice une force qui ne peut être vaincue , l'homme , quelle que soit sa fortune , et le rang qu'il tient dans la grande famille , jouit pleinement de lui-même , se joue de l'arbitraire que ces mêmes lois punissent , et des atteintes qu'on voudrait porter à la liberté qu'elles protègent. La liberté de faire ce qui n'outrage ni l'intérêt général , ni l'intérêt particulier , est le domaine sacré du pauvre comme du riche , du dignitaire comme du citoyen le plus obscur ; et l'attentat le plus audacieux et le plus sinistre , est de lui porter une atteinte qui reste impunie ; car il n'y a plus de raison alors pour qu'à chaque degré de l'échelle politique , il ne se trouve ou un oppresseur ou un opprimé ; et qu'est la société alors , si l'injustice règne par-tout , si la clef des cachots se trouve dans la main du scélérat , si la force combinée de l'orgueil , de l'intérêt et de la vengeance devient loi générale? Lis l'histoire , chaque page te fera frémir ; chaque chapitre répondra à ma question , et t'arrachera mille larmes.

Ici M. de Ballonville devint pensif. Madame Liberfran prit une prise de tabac ; M. Minet bailla avec beaucoup d'esprit ; M.lle Cocote fit à son frère des signes d'approbation , et je continuai de prendre des notes.

LIBERFRAN.

Passons à un sixième article.

Chacun professe sa religion avec une égale liberté, et obtient pour son culte une égale protection.

Madame LIBERFRAN , *furieuse, et jetant loin d'elle sa cinquantième prise de tabac.*

Voilà, par exemple... mon Dieu... en vérité... on ne connaît plus les hommes...

LIBERFRAN.

Ma foi, pauvre tête , les femmes ne sont pas plus faciles à reconnaître...

M. MINET.

Oh ! voilà une petite malice conjugale dont...

LIBERERAN.

Que trouves-tu dans cet article de si terrible , s'il n'est que l'expression de la plus douce humanité, et de la plus profonde sagesse ? Le culte du véritable Dieu se fonde sur l'amour pour toutes ses créatures ; et si celui que nous avons le bonheur de reconnaître a commandé lui-même de pardonner à tous nos ennemis , est-il possible qu'il nous ordonne de persécuter les hommes qui s'égarent , et qui croient , dans leur erreur fatale , le servir tout aussi bien que nous ? Prions avec ferveur notre Père céleste pour qu'il daigne éclairer tous ses enfans ; et croyons que sa bonté , toujours inépuisable , fera plus d'effet sur leur esprit et sur leur cœur , que des insultes inutiles ; et que des persécutions atroces. A chaque prise de tabac que tu prendras , chère femme , répéte ce vers de l'un de nos poëtes ,

Que Dieu juge le culte , et l'homme la vertu.

et tu reconnaitras enfin que la force est le plus mauvais des argumens pour prouver des vérités , et pour confondre des erreurs. Sois vraiment pieuse , et non pas méchante ; plains les hommes , et ne cries pas haro sur eux ; prêche d'exemple , et ne fais la grimace à personne. La manière d'adorer Dieu ne tient pas à une vaine opinion ; elle n'est indiquée que par un profond sentiment du cœur qui brave tous les obstacles , et survit à tous les supplices. Notre divin maître persuada par la parole ; et par la pureté de sa vie humaine. Il souffrit la plus infame des morts , quand d'un seul mot il pouvait foudroyer ses bourreaux , et réduire l'univers en poudre. Profite de cette leçon que ton Dieu même daigna te donner ; en peux-tu recevoir qui t'impose plus directement l'obligation de tolérer des erreurs qu'il n'est pas en ton pouvoir de détruire ? Tous les caquets, tous les emportemens, toutes les exagérations d'un zèle mal entendu ; et qui fut trop souvent féroce ; toutes les bonnes intentions même ne chasseront pas la différence des cultes qui nous afflige sur la terre. C'est le sort de la faible humanité d'être

séduite par des illusions , et de s'égarer au
milieu des plus éclatantes lumières. Félicitons-
nous de vivre dans la foi de nos pères , et de
marcher sur la route que traça l'évangile.
Gémissons , s'il le faut, sur ce qui doit réellement nous affliger ; mais en adorant un Dieu de
miséricorde , ne forgeons point les chaînes de la
persécution , et n'élevons pas les échafauds
de la plus exécrable barbarie ; réparons autant
qu'il nous est possible, aux pieds de nos autels ,
les fautes de ceux qui en ont élevé d'autres
que nous croyons n'avoir pas un aussi saint
caractère , par des vertus positives , par une
charité profonde , et par des prières ferventes,
pour que Dieu les éclaire. En attendant, bonne
femme , contente-toi de vivre en paix avec ta
conscience , avec ton époux , avec tes enfans ,
avec les commères du voisinage ; ne bavarde
pas sur ce qu'il ne t'est pas possible de comprendre , et prends du tabac tant que tu
voudras.

M. MINET.

Je ne m'attendais pas à cette chute ; car...

M. DE BALLONVILLE.

Tout cela est à merveille ; c'est du plus pur
philosophisme ; mais en réponse péremptoire à
tout ce que tu viens de dire , je te dirai encore
qu'en politique les théories les plus brillantes
ressemblent quelquefois à ces phosphores qui,

pendant la nuit ; nous éblouissent un instant ;
pour dérober le gouffre où ils nous conduisent:
ceci s'applique à tout ce que tu viens de dire.

LIBERFRAN.

Me donneras-tu les ridicules succès de
l'erreur, les ignominies de la servitude, les
atrocités de la superstition et les oracles de
l'ineptie, pour l'expérience que nous devons
consulter ? Dans ton système, tu auras raison ;
car, en effet, les grands traits de lumière que
la sagesse osa quelquefois lancer dans le sein
des ténèbres les plus dégradantes, ne furent
pris par les dominateurs et leurs esclaves, que
pour les phosphores dont tu parles. Ils devaient
leur paraître des attentats à leur abominable
civilisation, parce qu'ils étaient trop barbares
pour les considérer comme des oracles bien-
faisans, ou comme des actes du plus sublime
héroïsme. Quand on est parvenu, à force de
perfidie, à persuader aux hommes que leur
raison n'avait pas le sens commun, il est clair
que la sottise la plus féroce devait monter sur
le trône de l'univers. Mais reportons-nous aux
temps qui précédèrent la chute de la Grèce
et de Rome, et voyons si ce ne fut qu'à la lueur
de tes phosphores que furent écrites ces pages
immortelles sur la morale et la politique, que
nous respectons comme les archives de la raison
humaine, et sans lesquelles nous serions encore

plongés dans la plus exécrable barbarie.... Va ,
va , mon ami ; avant ton impudent blason , il
existait des hommes qui connaissaient mieux
que ceux qui inventèrent ces burlesques
hiéroglyphiques , le grand art qui civilise le
genre humain , et conserve sa dignité sans
outrager sa raison. Que les hommes dégradés
cessent donc de nous dire que la liberté ne
convient pas aux Français ; car il en est qui ont
encore cette insolence. Qu'ils sachent que les
caractères des nations naissent le plus souvent
de leurs lois , que leurs machiavéliques gouvernemens ne les trompent plus par une édu-
cation perfide , par des prestiges qui , en
rehaussant l'éclat et multipliant les forces des
gouvernans , abrutissent les gouvernés , et les
écrasent sous le poids des chaînes qu'ils forgent ;
et l'on verra que la seule raison , dégagée des
entraves qui l'étouffent , et soustraite aux poi-
gnards qui la menacent depuis tant de siècles ,
proclamera la liberté publique , promulguera
les décrets qui la garantissent , étouffera l'anar-
chie qui l'assassine , et posera l'ordre social sur
une base immortelle.... La meilleure pensée ne
se trouvera plus du côté de la prévention qui
s'égare , de l'ignorance qui ne comprend rien ,
de l'orgueil qui ne voit que lui , de l'égoïsme
qui résiste à tout , et de la cupidité qui veut tout
envahir ; mais elle se trouvera où la véritable

sagesse tindra les rênes de l'administration générale ; où la loyauté et le respect pour le genre
humain dicteront les lois qui devront le régir,
où le génie répandra librement ses feux illuminateurs sur l'horizon politique , comme le soleil
répand les siens sur l'univers.

M. DE BALLONVILLE *renversant sa chaise , faisant
tomber cinq à six assiettes , cassant deux ou
trois verres , étendant ses mains , dont l'une
frappe fortement le nez de M. Minet qui l'avait
fort long , dont l'autre fait perdre à madame
Liberfran la cinquantième prise de tabac qu'elle
allait prendre , se lève avec la plus grande
vivacité, et s'écrie :*

J'avais prévu que cela m'arriverait. Tu m'as
vaincu, maudit bavard; que le diable t'emporte!

M. MINET.

Et moi, me voilà avec un coup sur le nez, qui...

LIBERFRAN , *avec la plus grande expression.*

Tu es un honnête homme , mon ami ; tu
devais finir par te rendre à la raison ; car ,
comme tous les ennemis de la liberté à qui
quelque peu de bon sens reste, tu n'aimes pas à
mentir à ta conscience.

*Il se lève , prend une bouteille dûment coiffée , et
s'écrie :*

DEBOUT , DU MEILLEUR ; VERRE EN MAIN,
RASADE.

Commençons par la santé DU ROI. Nous avions conquis notre liberté ; des fléaux , impossibles à prévoir , l'assassinèrent ; elle vient de renaître avec les lis qui la couronnent.

AU ROI ,

A SON AUGUSTE FAMILLE.

Tout le monde répéta ce cri les larmes aux yeux , et but.

M. DE BALLONVILLE , *jetant au feu un gros paquet de journaux singulièrement* CONSERVATOIRES *de la Charte , dont ,* MONSEIGNEUR , *vous devinez les titres , et connaissez le poison* :

A LA CHARTE.

Je ne la CONSERVERAI pas , moi , mais je la défendrai jusqu'à la mort.

Tout le monde répéta ce cri , et but.

LIBERFRAN fils.

AUX ÉCRIVAINS DE TOUS LES SIÈCLES ET DU NOTRE , QUI ONT ÉCLAIRÉ L'EUROPE.

Tout le monde répéta ce cri , et but.

M.lle COCOTE , *après avoir donné la volée à l'oiseau qu'elle avait dans la tête :*

A LA RÉCONCILIATION GÉNÉRALE.

Tout le monde répéta ce cri les larmes aux yeux , et but.

LIBERFRAN.

AUX LÉGISLATEURS;

Qui , fidèles à la monarchie constitutionnelle ; fermeront les yeux sur les palais des ministres , et défendront avec un noble courage les droits des peuples.

Tout le monde répéta ce cri et but.

M. DE BALLONVITLE.

AUX BRAVES QUI ONT COUVERT DE GLOIRE LA FRANCE LIBRE.

Tout le monde répéta ce cri avec enthousiasme, et but.

Et puis , MONSEIGNEUR , tout le monde s'embrassa. Mais M. Minet qui voulut profiter de l'occasion pour donner un baiser à M.lle Cocote , en reçut le plus beau soufflet du monde , ce qui fit que le souper finit d'une manière très-frappante. Et puis....

Chacun se retira fort content du souper.

Je désire , MONSEIGNEUR , que ce repas fortifie l'estomac de votre incompréhensible INCOMPRÉHENSIBILITÉ ; qu'il rafraîchisse son sang , ne lui donne que des humeurs bénignes , et ne lui cause aucune indigestion ;

Car sa tête déjà n'est que trop en désordre.

Puisse le PETIT DÎNER que je vais lui offrir encore , aider le SOUPER à produire le bon effet que j'en attends.

2

DINER

DE JAQUOT ET SON CURÉ.

JAQUOT fut d'abord *artiste* palefrenier. De l'écurie, il passa à la cuisine, et devint *artiste* marmiton. Il se distingua d'une manière si merveilleuse dans ces deux professions, qu'il monta, en passant par tous les grades de la livrée, au poste honorable et lucratif d'intendant de son seigneur et maître. Alors il n'y eut plus à badiner avec M. l'intendant JAQUOT, parce qu'il était en second le premier homme du village. Le curé venait ensuite.

Un jour, comme vous savez, MONSEIGNEUR, le diable arrive en France. Tout le monde a peur, tout se met sens dessus dessous. Monseigneur et madame filent, et s'en vont je ne sais où : qui quitte la partie la perd. La terre et le château ne les suivirent pas ; et plurent beaucoup à M. l'intendant, qui comptait comme Barême lui-même. Il fit si bien son compte, que le voilà maître de la terre et du château.

Il y avait alors grand plaisir à l'entendre parler du respect qu'on devait avoir pour les PROPRIÉTAIRES et pour les HONNÊTES GENS ; mais

il ne fallait pas parler devant lui de cette sotte
liberté qui a tant fait jaser le monde ; car ce
seul mot , ainsi que celui de *victoire* qui nous
étourdissait à chaque instant , opérait tout
juste sur son esprit le même effet que la cravache de son ci-devant maître opérait autrefois
sur ses épaules.

Le curé , qui s'appelait Thomas , ne cessait de
prier le ciel de rendre à ce brave homme la
mémoire qu'il avait perdue. Il y avait de la
part de ce bon pasteur un peu trop d'indiscrétion cependant. S'il avait fallu un miracle pour
chaque personne qui a perdu la mémoire
depuis trente ans..... mon Dieu , que de prodiges
autour de nous ! nous ne verrions de tous côtés
que maîtres nouveaux reprendre la livrée , et
grands richards tendre la main pour avoir à
dîner ! C'est une drôle de chose qu'une révolution. Il n'y a pas de magicienne qui en sache
plus long , ni de machiniste de comédie qui
fasse des changemens *à vue* aussi lestement.

Un jour le curé dîna chez Jaquot , qu'on
n'appelait plus que M. de Jaquotin... Oh ! la
noblesse ne périra jamais, si tous les faquins qu
veulent en être , ont, avec quelques lettres de
plus, le droit de s'y fourrer. On dîna fort bien ;
et M. de Jaquotin qui se ressentait un peu de
son premier métier, quoi qu'il fît pour l'oublier
et pour le faire oublier aux autres , but, si

noblement, qu'il se crut un grand esprit, et n'en trouva plus à son curé. Voilà que la conversation s'échauffe, et que M. DE JAQUOTIN condamne net à être fustigés en place publique tous ceux qui ont trempé dans *le pot au noir*, par pensées, par paroles ou par action. Et voilà qu'il dit que *tout faiseur de politique est un fat...* Et voilà qu'il dit que *ceux qui font des livres n'ont pas le sens commun...* Et voilà qu'il dit que *lorsque le tripotage de la patrie a commencé, le parlement aurait bien fait d'envoyer toute la nation aux galères à perpétuité....* Et voilà qu'il dit *qu'il ne faut pas tarder à faire un exemple de tous ces gens d'esprit qui osent parler raison à des sots qui en savent mille fois plus qu'eux ; et que pour leur apprendre à vivre, ce serait acte très-amusant que de les faire tous pendre...* Et il demanda au curé s'il ne pensait pas comme un ange.

Le curé qui savait très-bien que c'était là l'opinion lumineuse d'une grande partie de ceux qui ont fait fortune avec la liberté, en criant plus fort que les autres, VIVE L'ÉGALITÉ... disait tout bas : *Pauvre sot, tu raisonneras toujours comme un laquais ;* et il dit tout haut :

« Monsieur, tout ce qui dérange le monde est dans l'ordre; car rien n'arrive que Dieu ne le permette. Ce que Dieu permet est chose nécessaire, et dans les vues de sa sainte providence. »

Comment, curé, vous croyez donc que Dieu

*a fait la révolution ? Je croyais, ma foi, que
c'était le diable. (Il but un grand coup.)*

« On le croirait d'abord, monsieur, si l'on ne
considérait que les faquins qu'elle a enrichi, les
traîtres qu'elle enfanta, les sots qui se firent
passer pour gens d'esprit, et les déplorables
victimes de toutes couleurs qu'elle a fait immo-
ler ; mais heureusement les plus grands maux
enfantent les plus grands biens. Cette révolution
n'a-t-elle pas produit les célèbres publicistes,
qui sont les dignes successeurs des illustres
écrivains qui brisèrent peu à peu le talisman
politique qui ensorcelait les uns au grand
profit des autres ? n'a-t-elle pas allumé des
milliers de flambeaux, qui, malgré les CONSER-
VATEURS des vieilles lampes usées, et malgré les
fabricans d'éteignoirs, brûleront à perpétuité
sans jamais se consumer ? Ne lui devons-nous
pas cette foule de héros qui méritèrent tous
un trophée sur chaque point de nos frontières,
et sur toute la route qui conduit en droite ligne
des pyramides d'Egypte à Moscou, de Rome
à Vienne, de Berlin à Madrid, et autres lieux ? »

A la vérité, M. JAQUOTIN, les grands biens
produisent aussi de très-grands maux ; et c'est
pour cela que nous avons vu des laquais devenir des maîtres très-insolens, des usuriers
infames, sous la dénomination d'*honnêtes gens*,
ronger avec impudence la fortune publique et

particulière ; la morale ébranlée jusque dans
ses fondemens ; la religion qui en est le fondement sacré, mille fois outragée ; les enfans sans
respect, comme sans amour, pour leurs pères ;
les petites filles qui s'honoraient autrefois de
leur aiguille et de leur vertu, troquer aujour-
d'hui l'une et l'autre contre de petits bijoux,
et des amans gentils qui jouent au naturel les
rôles des maris ; des prêteurs de serment qui
recommenceraient de plus belle pour conserver la même place qu'ils ont adroitement
possédée sous toutes sortes de gouvernemens
tour à tour trahis et proscrits par eux, et qui
font aujourd'hui le procès à leurs co-OPINIO-
NAIRES d'autrefois, parce qu'ils ont le courage
de se retrouver encore avec la même pensée
qui fit sortir des cœurs généreux le premier
cri de la liberté..... »

A ce terrible mot, M. de JAQUOTIN, furieux,
se lève, prend la bouteille, et..... se versant à
boire, il s'écrie.....

Un prêtre oser parler de liberté devant le
maître d'un château ! ! !!! ! ! !.....

Il but un coup pour faire passer la pillule.
Il dit ensuite :

Vous avez beau prêcher, curé, je n'aimerai
jamais une révolution.

Vous n'avez pas à vous plaindre de celle-ci
cependant.

Il peut en venir une autre.

Il n'en reviendra plus.

Oui , et ceux qui en veulent aux riches.

Vieille rouerie des ennemis de la liberté , phrase usée.

Vous avez beau dire , curé , une nouvelle ré-volution pourrait.....

« Il n'en reviendra pas, vous dis-je. Tous les orages sont épuisés ; et comme le rameau qui annonça la fin du déluge au patriarche Noé, un lis annonce aux Français la fin de la tempête, ce que Dieu a permis est fait, ce qui est fait restera. La loi régnera bientôt avec toute sa force , et la liberté dans toute sa gloire ; car les hommes libres sont les premiers hommes de la terre , et les plus soumis aux lois. Pauvre M. Jaquotin , n'écoutez pas les foux qui ne raisonneront jamais , les barbares qui voudraient encore du sang et des larmes , les fanatiques toujours prêts, au nom d'un Dieu de bonté, à dresser des millions de bûchers..... Croyez que la liberté publique est un bienfait du ciel , dont nous portons le sentiment dans le fond de nos cœurs ; car si Dieu donna des rois à la terre , ce ne fut qu'à condition que les peuples seraient heureux, et jamais avilis , puisqu'ils sont le plus cher et le plus noble de ses ouvrages. Les distinctions ne sont faites que pour récompenser les uns , et pour servir d'encou-

ragement aux autres; mais, en aucun cas, elles
ne doivent point garantir l'impunité à ceux-ci,
et toujours rester dérobées à ceux-là; elles ne
doivent jamais non plus fournir aux mauvais
cœurs des moyens de tyrannie, à l'orgueil de
nouveaux alimens, aux bons citoyens des motifs de douleurs. La vérité s'est élancée du milieu des plus profondes ténèbres, après avoir
pendant long-temps multiplié des efforts inutiles pour se dégager de toutes les erreurs
qui l'écrasaient, et qui voudraient encore
l'étouffer; mais oui, j'ose le dire, tout ce qu'on
tenterait pour l'enchaîner de nouveau, lui pro-
diguerait les plus nombreux moyens de résis-
tance, et l'oppression annoncerait un triomphe
complet.

Ce qui fut pris, il y a trente ans, pour une
révolte, fut le cri de la nature, et le vœu certain de tout l'ordre social exprimé sans réti-
cence. Ni l'un ni l'autre n'indiquèrent raisonna-
blement qu'on voulût proscrire la sagesse de
l'expérience, et repousser les bienfaits des lois.
Ils disaient seulement aux dominateurs du
monde, qu'il ne leur restait plus que le choix
de faire le bien qui était en leur pouvoir, sans
avilir les hommes, et sans les sacrifier à leurs
passions...... ou de faire le mal, et de s'attendre
à se voir tôt ou tard renversés d'un piédestal
qui ne reposerait ni sur la raison, ni sur la

justice, ni sur la dignité du genre humain ;
CAR QU'Y A-T-IL AU-DESSUS DES HOMMES , QUE CELUI
QUI LES CRÉA ? »

Le bon curé s'échauffant de plus en plus sans
voir que son auditoire dormait, se lève , et fait
cette apostrophe :

« Français , vous possédez le plus beau sol
de l'univers. La nature vous prodigua toutes
ses richesses morales et physiques. Soyez fiers
de vous-mêmes, et reconnaissans envers le Dieu
qui vous combla de ses bienfaits. Vous avez conquis votre liberté par de grands sacrifices. Votre
gloire serait complète , si l'erreur et le crime
n'eussent point flétri une partie de vos efforts
pour la conquérir. Mais les innombrables lauriers que vous avez cueillis font disparaître
sous leurs ombrages les palmes de la mort que
plantèrent sur la France des passions féroces
profondément perfides ou délirantes. Méfiez-
vous de l'esprit de parti. Tout ce qui serait à
présent nouveau, serait peut-être poison pour
l'avenir, OU FEU QUI VOUS DÉVORERAIT A L'INS-
TANT..... Ne formez tous qu'une famille ; que la
loi soit votre mère , et le roi votre père régnant
avec elle. Serrez-vous autour de l'un et de l'autre ; offrez-leur sans cesse , comme bouquet
d'amour, vos vertus pour leur plaire , vos lumières pour les éclairer , votre courage pour
les défendre. AINSI SOIT-IL. »

3

Là dessus, le bon curé, qui, comme vous le voyez, MONSEIGNEUR, était aussi bavard que moi, but un coup; il en avait besoin. M. de JAQUOTIN continua de dormir; il en avait besoin aussi. L'heure de vêpres sonna, et notre pasteur restauré partit pour entonner l'antienne que tous les vrais Français ne cessent de chanter à grand chœur depuis long-temps :

DEUS, IN ADJUTORIUM MEUM INTENDE.

Et ce n'est pas, ma foi, faute de grand besoin.

Au reste, vous saurez, MONSEIGNEUR, que M. JAQUOTIN se réveilla quand les vêpres furent finies, et que quoiqu'il n'eût pas entendu tout le sermon du curé, il avait été scandalisé au possible de ce qu'il avait parlé de *liberté* en homme à qui elle ne fait pas peur; ce qui était épouvantable, et devait nécessairement faire frémir le ciel, l'air, la terre, l'eau, voire même les enfers. En conséquence, il alla trouver le maire du lieu pour lui dénoncer un prêtre qui probablement avait promis autrefois d'être fidèle à son roi, aux lois, et de bien servir vingt-cinq millions d'hommes, ce qui était abominable, comme chacun sait. Il fit très-judicieusement observer à ce magistrat, que *si ce curé avait son franc parler, la tranquillité publique serait étrangement compromise; que même il se tenait chez le barbier du village des concilia-*

bules très-alarmans ; qu'on avait remarqué chez ce frater des armes tranchantes , ce dont les HONNÊTES GENS *qui allaient se faire raser chez lui se plaignaient depuis quelque temps ; qu'il fallait au plutôt prendre des mesures vigoureuses...... qu'il était urgent d'épurer la paroisse.....*

Un grand éclat de rire que se permit cet original de maire , déconcerta le zèle et la prudence du nouveau châtelain , qui fut bien plus déconcerté encore quand il vit entre ses mains une cravache qui ressemblait comme deux gouttes d'eau à celle dont son ancien maître se servait quelquefois pour émoustiller les épaules de Jaquot. Il fit quelques pas en arrière , et par un mouvement oblique qu'il ne put prévoir dans sa frayeur , il alla se meurtrir le nez sur un point de la bibliothèque du maire , où LA CHARTE SE TROUVA TOUT JUSTE.....

Ce maire qui était trop bon gentilhomme , pour n'être pas un très-bon citoyen , lui dit *que s'il fallait une épuration dans la paroisse , il lui conseillait d'en sortir , et qu'en réjouissance de ce premier service qu'il aurait rendu à ses administrés , il lui répondait du plus beau feu de joie qu'on puisse voir..... que le curé Thomas aimait le* Roi *et la* Charte *, et les faisait aimer par tout le monde..... que la paix régnait dans la commune..... qu'il saurait mettre à la raison tout homme , PALEFRENIER ou MARMITON ,*

INTENDANT ou CHATELAIN, qui tenterait de faire renaître les divisions, de quelque genre qu'elles fussent..... Il se mit à rire de nouveau au nez ensanglanté de M. JAQUOTIN, en agitant sa cravache d'un air qui le fit frissonner, et puis il disparut pour aller faire sa partie DE TRIOMPHE avec le bon curé THOMAS.

Et Jaquot s'en alla comme il était venu.

Aussi sot qu'un marmiton, aussi fat que le fut en tout temps un nouvel enrichi, aussi ingrat envers la liberté à laquelle il ne pense plus, quoiqu'elle fît sa fortune, qu'il fût, est et sera toujours indigne de ses augustes bienfaits.

Que de Jaquots, Seigneur, on trouve dans le monde !

———————

Le prix de cet ouvrage de 400 pages est CINQ FRANCS, franc de port. Les nouveaux souscripteurs recevront les huit premières livraisons qui ont paru, et qui font 236 pages.

ON SOUSCRIT, A TOULOUSE,

Chez l'Auteur, rue Saint-Antoine du T, n.° 13, près la place Saint-George;

Chez Gallon-Fatou, Libraire, rue Saint-Rome,

Et chez Meisonnier, Marchand de Musique, au Mont Vésuve, rue Saint-Rome.

———————

A TOULOUSE, de l'imprimerie d'Antoine Navarre, n.° 84.